AF304348

Weihnachten mit *Anna von* IKEA

Erstausgabe Dezember 2017

© 2017 dp DIGITAL PUBLISHERS GmbH

Made in Stuttgart with ♥
Alle Rechte vorbehalten

Weihnachten mit Anna von IKEA

ISBN 978-3-96087-561-1
E-Book-ISBN 978-3-96087-258-0

Umschlaggestaltung: Christin Peulecke
Unter Verwendung von Abbildungen von
© renata.s/Freepik, © Valentine/Freepik,
© kjpargeter/Freepik und pixabay.com
Lektorat: Daniela Höhne
Satz: Simon Müller

Über den Autor

Thomas Kowa, geboren 1969, wohnt in Bern und Mannheim. Er hat Betriebswirtschaft studiert und arbeitete über zwanzig Jahre in der Pharmaindustrie. Heute ist er Autor, Poetry-Slammer, Musikproduzent, manchmal Weltreisender und Mitglied der Schweizer Fußballnationalmannschaft der Autoren. In seiner erfolgreichen Thriller Trilogie *REMEXAN*, *REDUX* und *REAKTOR* ermittelt der charismatische Kommissar Erik Lindberg gemeinsam mit seinem Team. Drei packende, für sich stehende, aber doch miteinander verwobene Fälle, die in Basel auf ihre Auflösung warten.

Während in seinen Thrillern fleißig gestorben werden darf, ist es ihm in seinen absurd-komischen Romanen trotz mehrfacher Versuche noch nicht gelungen, jemanden umzubringen. Mit den humorvollen Liebesgeschichten *Mein Leben mit Anna von IKEA* und *Weihnachten mit Anna von IKEA* zeigt Kowa wieder, dass er nicht nur für Gänsehaut, sondern auch für viele Lacher sorgen kann.

Vorwort

Als mich mein Verlag dp Digital Publishers mit der Idee konfrontierte, eine Geschichte für die Adventszeit zu schreiben, bei der täglich ein Kapitel veröffentlicht wird, war ich sofort Feuer und Flamme. Spontan dachte ich an einen Horrorschocker, der mit jedem Wintertag dämonischer wird und an Heiligabend in einem furiosen Finale mündet.

Keine Ahnung, weshalb ich ausgerechnet diese Idee hatte, ich habe Weihnachten daheim jedenfalls nicht traumatisch in Erinnerung. Zumindest wenn man davon absieht, dass ich als Dreikäsehoch fünf Stunden heulend vor der verschlossenen Wohnzimmertür stand, weil mir nicht einleuchten wollte, dass es zum Geburtstag die Geschenke morgens gibt, aber an Weihnachten erst abends.

Klar heißt es Heiligabend, aber es heißt ja auch Baumschule und Kindergarten und dort werden weder Kinder angepflanzt, noch Weißtannen in höherer Mathematik unterrichtet.

Wie auch immer, je näher der Abgabetermin für den Weihnachtsroman kam, desto weniger verspürte ich Lust, jeden Tag jemanden fast oder wirklich umzubringen, zumal ich ja ohnehin nicht zu den blutrünstigen, sondern eher zu den hintersinnigen Schriftstellern gehöre.

Okay, vielleicht bin ich auch nur vordergründig hintersinnig, auf alle Fälle wäre meine Erwartung als Leser an einen Roman zum Fest der Liebe eher romantisch.

Also beispielsweise ein kleiner, harmloser Giftmord.

Aber da ich nicht Agatha Christie bin, habe ich diese Idee schnell wieder verworfen und überlegt, was ich sonst noch kann.

Daraufhin war erst einmal Sendepause in meinem Hirn. Doch der Abgabetermin rückte immer näher.

Ich war schon kurz davor, aus *Axolotl Roadkill* abzuschreiben, oder wenigstens aus der Dissertation von Ex-Dr. Guttenberg, als mich schließlich eine Leserin rettete, die sich eine Fortsetzung von *Mein Leben mit Anna von IKEA* wünschte.

Danke, Mama!

Nein, im Ernst, erst dachte ich, das geht nicht, weil nichts langweiliger ist, als ein glückliches Liebespaar. Aber dann fiel mir ein, dass der liebenswürdige Chaot Matthias Käfer sicher nicht von heute auf morgen seine Schusseligkeit ablegen wird und auch von Anna durfte man gerne ein wenig mehr erfahren.

Außerdem, Weihnachten in Schweden, ist das nicht total besinnlich, romantisch – und arschkalt?

Und schon fingen die kleinen Rädchen in meinem Gehirn an sich zu drehen und ich schaffte es noch rechtzeitig vor Weihnachten, diesen kleinen Roman zu schreiben.

Dadurch, dass er in Tage und nicht in Kapitel unterteilt ist, hat er eine auf den ersten Blick ungewöhnliche Struktur, denn an manchen Tagen kommt einfach alles zusammen und an anderen passiert so gut wie gar nichts. Oder zumindest nichts, was man erzählen möchte. Aber ich habe da den armen Matthias einfach überstimmt und so gibt es jeden Tag etwas hoffentlich Lesenswertes.

Jetzt bleibt mir nur noch, ein Frohes Fest zu wünschen. Vorhang auf für *Weihnachten mit Anna von IKEA.*

Thomas Kowa

Freitag, 01. Dezember

Da hängt er nun. Und verhöhnt mich mit seiner ganzen unerbittlichen Pracht. Anna steht daneben und lächelt erwartungsvoll.

Und was hab ich? Nichts. Nada. Oder *inget*, wie man auf Schwedisch sagt.

Klar, ich hatte eine Menge zu tun, erst mein Umzug aus Deutschland nach Göteborg, dann die Eröffnung unseres kleinen Bed & Breakfasts und schließlich habe ich ja noch einen Job bei Kemal Industries, dem Klempner-Fliesenleger-Dachdecker-Konglomerat meines Freundes Kemal, der ständig neue Geschäftsideen hat, für die er Werbekampagnen benötigt.

Andererseits hatte Anna die letzten Tage auch sehr viel um ihre hübschen Ohren, irgendeine Projektwoche in ihrer Schule für irgendeine Klimakonferenz, die wahrscheinlich irgendetwas beschließt, das am Anfang alle ganz toll finden und an das sich am Ende trotzdem niemand hält.

»Gefällt er dir nicht?«, fragt Anna und schaut mich immer noch lächelnd, aber mit einer Spur von Skepsis an.

»Doch, doch«, sage ich. »Er ist super.«

Genaugenommen ist er viel zu super, ihr Adventskalender. Eine mit grünem Flies bezogene, s-förmige Stange, an der vierundzwanzig kleine Geschenke hängen und wie es sich in Schweden bei Weihnachtsgeschenken gehört, alle mit einem persönlichen Wachssiegel verschlossen.

Und ich hab *inget*.

Aber vielleicht stelle ich uns erst einmal vor. Ich bin Matthias Käfer, Mitte dreißig, ehemaliger Bankkaufmann, ehemaliger Single und ehemaliger Oggersheimer.

Anna habe ich in Deutschland bei IKEA kennengelernt – sowohl virtuell wie auch in echt – und als sie nach Schweden zurückgezogen ist, weil sie dort als Deutschlehrerin arbeiten konnte, bin ich einfach mitgegangen.

Okay, ganz so schnell und unkompliziert lief es nicht, aber inzwischen sind wir – Matthias Käfer und Anna Svenson – ein glückliches Paar.

Bis eben.

Denn jetzt steht sie mit diesem perfekten Adventskalender vor mir und mein schlechtes Gewissen frisst mich auf.

Schließlich hatte Anna mir mehrere Winke mit dem Zaunpfahl, dem Gartentor und der Garage gegeben, dass sie sich einen Adventskalender wünscht. Und ich hab das erstens verstanden – aus meiner Sicht eine beachtliche Leistung für einen Mann – und es mir zweitens aufgeschrieben, hab sogar drittens drei Kringel darum gemacht und es viertens dann wieder vergessen.

Das liegt daran, dass ich mich voll auf Annas Weihnachtsgeschenk konzentriert habe. Aber das kann ich jetzt schlecht als Ersatz oder Ausrede verwenden.

Außerdem gab es, als ich noch ein Kind war, bei uns daheim in Ludwigshafen-Oggersheim immer nur die Adventskalender aus dem Aldi für 89 Pfennige. Deren einziger Reiz bestand darin, herauszufinden, welches Motiv sich heute hinter dem Türchen versteckt. Klar, da war auch Schokolade drinnen, aber die schmeckte wie aus hinterrücks eingeschmolzenen Osterhasen hergestellt. Was wahrscheinlich auch so war. Hätte man so einen 89-Pfennig-Adventskalender damals seiner Freundin geschenkt, hätte die einen sofort vor den Europäischen Gerichtshof für Frauenrechte geschleppt und dann Schluss gemacht.

Deswegen war von Anfang an klar, dass ich Anna keinen Adventskalender kaufen kann. Dummerweise bin ich in diesem Stadium der Problemlösung steckengeblieben und hab mich neuen Aufgaben gewidmet.

Ich blicke wieder auf ihren Adventskalender für mich und versuche, dankbar zu lächeln.

»Willst du nicht das erste Türchen öffnen?«, fragt Anna.

Ich nicke, nehme das Päckchen mit der Nummer eins, es ist flach und groß wie ein Teller. Das Wachssiegel darauf besteht aus einem Geschirrspüler, der von einem Herzchen umrahmt ist.

»Das ist ja kreativ«, sage ich und fühle mich gleich noch schlechter.

Anna hat sich trotz all ihrem Stress Zeit für mich genommen.

Ich löse das Siegel ab, öffne die Geschenkverpackung und halte eine Vinyl-Platte von Boney M. in den Händen, das *Christmas Album* in der schwedischen Ausgabe.

»Und was hast du für mich?«, fragt Anna und blickt mich so erwartungsvoll wie ahnungslos an. Ich liebe diesen Blick eigentlich, doch nur dann, wenn ich auch etwas anzubieten habe.

Aber ich habe ja nur *inget*.

In meiner Panik reiche ich Anna einen Umschlag.

Schon im nächsten Moment ahne ich, dass es ein Fehler ist.

»Ist das ein Gutschein?«, fragt Anna.

Bevor ich antworten kann, hat sie den Umschlag schon geöffnet. »Eine Rechnung?« Sie blickt mich konsterniert an. »Für Damenunterwäsche?« Sie deutet auf den Umschlag. »Hast du die gesammelt und ich bekomme jetzt jeden Tag eine? Und dann an Heiligabend einen Offenbarungseid?«

»Du hast gefragt, ob ich was für dich habe«, antworte ich kleinlaut. »Und die Damenunterwäsche ist wohl kaum für mich.«

»Die hab ja auch ich bestellt.« Sie schüttelt den Kopf. »Erinnerst du dich noch, als du mich vor ein paar Wochen gefragt hast, was ich mir zu Weihnachten wünsche?«

Ich nicke und schaue sie zerknirscht an. »Du hast gesagt, du wünschst dir nichts, aber ein Adventskalender wäre schön.«

»Daran erinnerst du dich also?«

»Ja, aber ich hab glatt vergessen, dass schon Advent ist.« Ich zucke entschuldigend mit den Schultern. »Liegt ja hier schon seit September Schnee.«

»Der war im Oktober wieder weg.«

»Ja, aber nur für zwei Tage.« Ich mag Schweden wirklich, aber das Wetter ist echt eine Katastrophe, wenn man nicht auf Schneematsch, vereiste Autoscheiben und abgefrorene Zehen steht. Ich dürfte das Anna gegenüber ja nie sagen, aber im speziellen Fall von Schweden finde ich die globale Erwärmung gar nicht so schlimm.

»Du hast also nichts für mich?«, fragt sie und zieht eine enttäuschte Schnute.

»Ich schenke dir morgen einen Adventskalender«, sage ich und nehme sie in den Arm. »Und das Beste daran ist, dass du dann gleich zwei Türchen auf einmal aufmachen darfst.«

Und dann endlich lächelt Anna zufrieden.

Samstag, 02. Dezember

Obwohl heute Samstag ist, muss Anna zur Arbeit, denn wie sie mir am Morgen extra noch einmal erklärt hat, leitet sie die Aktion der schwedischen Schulen zur demnächst in Grönland stattfindenden Weltklimakonferenz. Zwar würde ich mich freuen, wenn die anwesenden Politiker an der Meinung schwedischer Schüler interessiert wären, aber wahrscheinlich hören die lieber auf die Meinung der schwedischen oder deutschen Autoindustrie. Aber vielleicht wird ja aus einem der Schüler mal ein Politiker, der nicht vergisst, wo er herkommt und wofür er einmal eingestanden ist.

Allein schon deswegen unterstütze ich Anna.

Außerdem bleibt mir so der ganze Tag, um ihren Adventskalender zu basteln.

Und der muss gut werden, denn in meinem Türchen habe ich heute Morgen ein Bio-Rasierwasser gefunden, in einem edlen gläsernen Flacon. Nun könnte man sich fragen, warum Rasierwasser biologisch sein muss, schließlich will ich das Zeug nicht essen, aber seit die Kosmetikindustrie angefangen hat, Aluminium, Plastikteilchen und Mineralöle in allen möglichen

Produkten zu verwenden, bleibt einem offensichtlich nur Bio-Kosmetik, wenn man nicht herumlaufen möchte wie ein wandelndes Chemiewerk.

Kaum hat Anna die Wohnung verlassen, gehe ich in den Keller und hole einen Umzugskarton hervor, der seit zwanzig Jahren verschlossen ist. Trotz mehrerer zwischenzeitlicher Umzüge weiß ich noch genau, was sich darin befindet. Ich stelle den Karton auf den Werktisch, blase den Staub vom Deckel und öffne ihn. Mein Herz pocht. Als ich diesen Karton verschlossen habe, war ich noch jung und unbedarft.

Jetzt bin ich nur noch unbedarft.

Jedenfalls versprüht dieser Karton einen Hauch Geschichte. In Deutschland gab es nämlich zwischen 1930 und 1983 ein Zündholzmonopol. Beim Abschluss des entsprechenden Vertrages war Deutschland hochverschuldet und der Preis für den Kredit des schwedischen Industriellen Ivar Kreuger bestand darin, dass es 53 Jahre lang erst im Deutschen Reich und dann in Westdeutschland nur noch Welthölzer zu kaufen gab.

Weil ich vor zwanzig Jahren angesichts der soundso vielten Finanzkrise vermutet habe, dass es aufgrund der Überschuldung in Europa erneut zu einem Zündholzmonopol kommt, habe ich damals bei einem Sonderangebot zugeschlagen und diesen Umzugskarton mit Streichhölzern gefüllt.

Im Nachhinein betrachtet vielleicht ein etwas gewagtes Investment, insbesondere für einen Fünfzehnjährigen, aber hätte ich stattdessen in Aktien der deutschen Telekom investiert, besäße ich jetzt nur noch einen Bruchteil meiner Anlage, während mein Zündholzbestand stabil geblieben ist. Und aus denen werde ich jetzt einen Adventskalender bauen, der Anna umhauen wird.

Jedenfalls, wenn keine Borkenkäfer die Zündhölzer verspeist haben.

Schnell öffne ich den Karton, blicke freudig auf die unzähligen Weltholzverpackungen, die mangels Sonne kaum verblichen sind, öffne eine und halte perfekt aussehende Zündhölzer in meinen Händen. Ich mache die Becker-Faust, würde im Überschwang am liebsten eines der Dinger anzünden, doch ich kenne mich zu gut und halte mich zurück. Wahrscheinlich brennen die gut getrockneten Zündhölzer wie Zunder.

Daher beschließe ich, erst einmal im feuerfesten Keller zu bleiben und erst am Ende alles nach oben zu transportieren.

Damit ich nicht wieder mit *inget* dastehe.

Zum Glück weiß ich schon, was ich baue: Annas Lieblingsort in Göteborg, die Fischkirche. Genaugenommen heißt das Gebäude *Feskekörka* und ist eine Fischmarkthalle, aber weil sie im Stil einer gotischen Kirche gebaut wurde, sagt man im Volksmund eben Fischkirche dazu.

Aber selbst wenn es eine Kirche für Fische wäre, fände ich das immer noch besser, als eine von einem Science-Fiction-Autor gebaute, in der prominente Hollywood-Schauspieler irgendwelchen Unsinn erzählen, um möglichst einfältigen Leuten möglichst viel Geld abzuknöpfen.

Angesichts meines Baumaterials wäre es sicher passender gewesen, den Zündholzpalast in Stockholm nachzubauen, aber Anna mag nun mal die Fischkirche und so bekommt sie diese. Außerdem passen die hellen Klinkersteine der Fischkirche perfekt zu meinen Zündhölzern und sie ist relativ einfach aufgebaut: Sie sieht aus wie ein Kirchenschiff mit großen erkerähnlichen Rundbogenfenstern an den Seiten. Einen Turm besitzt sie keinen, dafür mehrere kleine Dachspitzen, die wie der Aufsatz auf einer Pickelhaube aussehen. Lediglich die Anzahl der Fenster muss ich von sieben auf jeder Längsseite erhöhen, sodass mein Nachbau vierundzwanzig Fenster haben wird, für jeden Tag eines.

Und das Beste ist, für die Kirche gibt es eine Bauanleitung im Internet, mit der das angeblich sogar Achtjährige hinbekommen.

Also traue ich mir das auch zu, lege die am Morgen heimlich ausgedruckte Anleitung auf den Kellertisch und fange an, die ersten Zündhölzer zusammenzuleimen. Das klappt überraschend gut und als ich nach einer Stunde das Fundament gelegt habe, bin ich fast ein wenig stolz. Zwar kleben meine Finger aneinander, als wären Magnete dort eingebaut und der Holzleim ist ausgegangen, aber nachdem ich die Hände gewaschen und den nächsten Baumarkt glücklich gemacht habe, geht es sofort weiter.

Beziehungsweise würde es, wenn nicht gerade mein Handy klingeln würde. Es ist Kemal, mein Chef.

Noch mal zur Erinnerung: Wir haben Samstag.

Wochenende.

***

Ich mag Kemal ja gerne, aber seine diversen Diversifikationsprojekte haben mich in letzter Zeit ziemlich gestresst. Ihm reicht es nicht mehr, erfolgreicher Klempner, Fliesenleger und Dachdecker zu sein, er will jetzt die große weite Welt erobern. Es fing mit einem Vor-Ort-Autoreparaturservice an, dann kam eine Fladenbrot-Bäckerei hinzu und schließlich noch ein Ayran-Lieferservice, mit dem von mir erfundenen – aber sicherlich verbesserungswürdigen – Slogan: *Frischer Ayran, so schnell wie aus dem Wasserhahn.*

Kreativität braucht eben seine Zeit und die wollte Kemal mir immer weniger geben, weil er stets schon mit der nächsten Idee um die Ecke kam.

Ich beschließe, dass ich mir seinen neuen Geistesblitz auch noch am Montag anhören kann und lasse das Telefon klingeln, bis es aufgibt.

Während ich weiter an meiner Streichholzfischkirche baue, ziehen die Stunden an mir vorbei wie beim Binge-Watching einer spannenden Fernsehserie. Plötzlich ist es schon Nachmittag, ich habe noch nichts gegessen und es stehen schon alle vier Wände der Fischkirche. Nur noch das Dach fehlt.

Ich lege eine kurze Pause ein, backe mir ein paar der wirklich leckeren Fladenbrote auf, die Kemal mir vor ein paar Tagen zugesendet hat, trinke schmackhaften Ayran dazu und dann geht es weiter. Ich überzeuge mich, dass die Wände meiner Kirche ausgehärtet sind und fange an, die Stützen für das Dach zu verlegen, die ich gemäß Bauanleitung zuvor zusammengeklebt habe.

Zwei Stunden später, als ich gerade das Dach auf mein Gebäude setze, sendet Anna mir eine SMS. Sie habe noch einen alten Freund getroffen und komme erst am Abend heim.

Das passt super, denn dann bin ich mit Sicherheit fertig.

Ich verleime das Dach und lasse auch dieses aushärten. Lediglich die kleinen Spitzen auf jedem Erker und dem Dach fehlen jetzt noch, aber die soll man gemäß Anleitung erst aufsetzen, wenn alles ganz stabil steht. Sie bestehen ohnehin nur aus jeweils einem Zündholz, da kann kaum mehr etwas schiefgehen.

Also gehe ich nach oben in die Küche und forme die Wachssiegel für jedes Geschenk aus einem alten Kinderstempel von Anna, der aussieht wie eine Schwarzwälder Kirschtorte. Früher hätte ich das sicher auch im Keller erledigt, aber inzwischen bin ich vorsichtiger geworden, weil ich weiß, dass meine Schusseligkeit und die leichte Entflammbarkeit des Bauwerks keine gute Kombination sind.

Jetzt fehlen nur noch die Geschenke selbst. Im Wesentlichen bestehen sie aus Geschenkpapier.

Ich muss zugeben, das wäre recht suboptimal, würde auf dem Geschenkpapier nicht noch etwas draufstehen.

Nämlich je ein Gedicht. Die habe ich in den letzten Wochen für Anna geschrieben, mich aber nie getraut, sie ihr vorzulesen. In jedes der Gedichte packe ich *Mannemer Dreck*, ein auf Oblaten gebackener und mit Schokolade überzogener Lebkuchen aus meiner Heimat, der deutlich besser schmeckt, als sein Name vermuten lässt. Ich hätte hier gerne mehr variiert, aber in einem klassischen Adventskalender ist ja auch immer nur Schokolade drinnen und außerdem ist das Gedicht das eigentliche Geschenk.

Erst als das Wachs der Geschenksiegel so kalt ist wie das Herz von Donald Trump, gehe ich wieder in den feuerfesten Keller und lege die Geschenke in den Turm. Ich finde, alles sieht perfekt aus und bin sicher, Anna ist stolz auf mich.

Jetzt fehlen nur noch die Spitzen auf jedem Dachgiebel über den Fenstern und auf dem Hauptdach.

Ich bin gerade dabei, mit spitzen Fingern das vorletzte Streichholz zu platzieren, als mein Taschentelefon piept. Anna schreibt, sie ist in fünf Minuten daheim, ich schaue auf die Uhr. Verdammt es ist schon Abend! Jetzt muss ich mich aber beeilen, schließlich muss ich noch die Fischkirche verlustfrei in die Wohnung tragen.

Hastig nehme ich ein Streichholz für die letzte Dachspitze aus der Packung, komme dabei mit dem Kopf an die Reibfläche, entzünde das Zündholz, will es mit einer schnellen Bewegung wegwerfen, doch es bleibt an meinen klebrigen Händen hängen, was ich erst bemerke, als ich ein wenig zu nah an die Fischkirche komme.

Der Rest ist ein einziger Feuersturm auf dem Tisch vor mir und in meinem Herzen.

Ersteren kann ich mit dem Feuerlöscher und meinen Tränen löschen, den zweiten nicht.

Im nächsten Moment sehe ich durch das Kellerfenster Anna zur Haustür gehen.

Ich renne die Treppe nach oben, kann im Flur gerade noch die Kellertür schließen und höre hinter der Haustür schon Anna mit dem Schlüssel rascheln.

Schnell renne ich nach oben in die Wohnung, schließe die Tür und wische mir die Tränen aus den Augen.

Ich höre, wie Anna die Treppe hochkommt und öffne die Wohnungstür wieder.

Schon beim Begrüßungskuss fallen ihr meine roten Augen auf. »Was ist denn passiert?«

Wenn ich ihr von dem abgebrannten Turm erzähle, ist die Überraschung verdorben und ich kann ihr den Turm morgen nicht mehr bauen. Also zucke ich nur mit den Schultern. »Hab Zwiebeln geschnitten.«

»Hast du was zu essen gekocht?« Sie rümpft ihre Nase. »Hat es deswegen im Treppenhaus so verbrannt gerochen?«

»Nein, ich dachte, ich schneid die Zwiebeln einfach schon mal vor.«

Anna blickt mich skeptisch an. »Und was hast du so den ganzen Tag gemacht?«

»Na, Zwiebeln geschnitten.« Ich merke selbst, dass dies jetzt nicht gerade die beste Ausrede ist. »Und ich hab mir überlegt, was ich alles in den Adventskalender packen könnte.«

Jetzt lächelt sie. »Du hast einen Adventskalender für mich?«

»Man wartet nie zu lange, wenn man auf etwas Gutes wartet«, antworte ich mit einem schwedischen Sprichwort, das wahrscheinlich in einer ähnlichen Situation wie meiner erfunden wurde. »Morgen ist er fertig«, sage ich schließlich und lege meinen Arm um Annas Schulter. »Und das Beste daran ist, dass du dann gleich drei Türchen auf einmal aufmachen darfst.«

Anna lächelt, aber selbst ich merke, sie ist nicht mehr ganz so zufrieden.

25

Sonntag, 03. Dezember, 1. Advent

Früh am Morgen werde ich von Kemals Anruf geweckt. Ich drücke ihn einfach weg, schließlich ist Montag auch noch ein Tag. In der Nacht ist mir eingefallen, dass ich nicht mehr genügend Streichhölzer besitze, um die gesamte Fischkirche erneut zu bauen. Und weil Sonntag ist, kann ich auch keine einkaufen.

Obwohl es immer noch dunkel ist, stehe ich auf, in der Hoffnung, dass mir eine Lösung für das Adventskalenderproblem einfällt.

Weil dem nicht so ist, mache ich das Frühstück, bringe es Anna ans Bett und stelle ein brennendes Teelicht für den ersten Advent auf das Tablett.

Dann kuschle ich mich noch mal an Anna, denn wenn wir gar nicht erst aufstehen, muss ich meinen Adventskalender nicht öffnen und die Frage nach ihrem bleibt vielleicht aus.

Okay, das ist eher so ein Plan, den Fünfjährige als perfekt bezeichnen würden und spätestens, als Anna fragt, was wir denn heute machen, wird auch mir klar, dass er nicht aufgehen wird.

»Wir könnten auf einen Flohmarkt gehen«, sagt sie.

»Es ist dunkel und kalt«, antworte ich. »Außerdem sind wir schon zu spät für die besten Angebote.«

»Deswegen beginnt der Flohmarkt erst um vierzehn Uhr«, entgegnet sie. »Das ist weniger Stress für alle Beteiligten.«

»Aber kalt ist es trotzdem«, sage ich und ziehe die Decke über meinen Kopf.

»Es ist aber spannend«, sagt sie. »Der Flohmarkt ist nämlich für Besucher bis vierzehn Uhr abgesperrt und erst wenn der Startschuss ertönt, rennen alle los und schauen nach dem besten Angebot.«

»Ich bin dabei«, sage ich und richte mich auf.

Anna schaut mich verdutzt an, doch dann gibt sie mir einen Kuss und lächelt.

Den restlichen Morgen verbringen Anna und ich damit, eine Anzeige für unser Bed & Breakfast in mehreren Reiseportalen aufzugeben. Wir haben es letzte Woche eröffnet, um ein paar internationale Gäste anzulocken, und so die Welt zu uns zu holen, weil wir wegen Annas Job als Lehrerin die meiste Zeit im Jahr nicht zu dieser kommen können. Selbst ich bin moderner geworden und habe mir neben einem Laptop sogar einen Spielzeugroboter angeschafft, der den Gästen das Frühstück ans Bett bringt. Denn wenn ich das machen würde, wäre das wahrscheinlich eher unpassend.

Unser Bed & Breakfast besteht nur aus einem Zimmer, womit es das kleinste Hotel von Göteborg ist. Und wahrscheinlich auch das erfolgloseste, denn bisher hat noch niemand bei uns gebucht.

Verständlich, wie ich finde, denn ich würde im Winter auch nicht nach Schweden fahren, jedenfalls nicht ohne Polarausrüstung. Erst recht nicht nach Göteborg, wo man nicht mal Skifahren kann, jedenfalls nicht in der Altstadt, wo wir wohnen.

Bevor wir gehen, packe ich an der Adventskalenderstange noch eine leckere Schweizer Schokolade aus. Ich breche eine Schokorippe ab und teile sie mit Anna. Trotzdem hab ich dabei wieder ein richtig schlechtes Gewissen.

Heute muss es endlich klappen, sonst hält Anna mich noch für einen unzuverlässigen Versager.

Viel zu früh fahren wir mit einem Carsharing-Smart zum Flohmarkt, was an mir liegt, denn ich möchte aus diversen Gründen möglichst nah am Eingang parken.

Dies gelingt so einigermaßen, denn offensichtlich hatten viele denselben Plan. Als wir an den mit einem langen Seil abgesperrten Eingang des Flohmarkts kommen, ergattern wir immerhin einen Platz in der zweiten Reihe. Ich überrede Anna, dass wir getrennt ausschwärmen, weil wir dann doppelt so hohe Chancen auf ein tolles Angebot haben. Sie findet das zwar unromantisch, aber als sie sieht, dass die Konkurrenz schon mit Ferngläsern nach den besten Objekten Ausschau hält, willigt sie ein.

Zumal ich auch mit einem Fernglas dastehe, was ich für eine außerordentlich geniale Idee gehalten habe, bis ich sah, dass es fast alle so machen. Aber das ändert nichts an meinem Plan, eine möglichst antike und möglichst kleine Kommode mit möglichst vierundzwanzig Fächern zu ersteigern, diese heimlich im Smart zu verfrachten und daheim Anna damit zu überraschen. Okay, das sind möglicherweise ein paar Bedingungen zu viel, aber man muss ja auch mal Glück haben im Leben.

Zugegeben, mit Anna hatte ich schon unverschämt viel Glück, aber es gibt ja auch Leute, die zweimal im Lotto gewinnen.

Und hinterher trotzdem nicht alles verprassen.

Außerdem habe ich vorhin mit meinen Fernglas genau diese Kommode entdeckt und damit Anna auch ganz sicher in eine andere Richtung läuft, weise ich sie auf einen antiken Spiegel hin, der so weit wie möglich von meiner Kommode entfernt steht, aber super in unser Bed & Breakfast passen würde.

Mein Herz pocht und ich spüre, dass meine gestrige Pechsträhne nur eine Ausnahme war, so gut wie meine Chancen jetzt stehen.

Ich atme tief durch, spanne meine Muskeln an und dann endlich wird die Startpistole abgeschossen. Nun bin ich als Deutscher genetisch bedingt mit ordentlichen Ellenbogen ausgestattet, die ich in Notfällen auch einzusetzen weiß, aber beim Start werde ich von einigen schwedischen Hausfrauen fast über den Haufen gerannt. Ich muss zur Seite ausweichen und komme erst zur Kommode, als schon drei Hausfrauen vor mir stehen, die unbegreiflicherweise schneller waren als ich.

Vielleicht hätte man die Flohmarktbesucher wie bei den olympischen Spielen in Männer und Frauen aufteilen sollen, damit ich eine faire Chance habe.

Gleich die erste der Hausfrauen kauft die Kommode für einen lächerlichen Preis und obwohl ich ihr in meinem Anfänger-Schwedisch erst das Doppelte, dann das Vierfache und schließlich das Zehnfache biete, lässt sie mich einfach stehen.

Derweil sind an dem Flohmarktstand die restlichen Kommoden ebenso ausverkauft. Außer Atem schaue ich bei den anderen Ständen vorbei, doch sehe ich nichts mehr, das man auch nur im Entferntesten als Adventskalender entfremden könnte.

Bis auf ein Billy-Regal.

Okay, ich könnte auch ein paar Gummispanner kaufen, zwei Tennisbälle und einen Fernseher, aber ich habe keine Idee, wie ich daraus einen Adventskalender bauen soll.

Also kaufe ich das Billy-Regal, vor allem, weil es schon zusammengelegt ist und schleppe es rennend (ja, das geht, wenn man nur will) zum Smart.

Nein, es ist nicht einfach, ein Billy-Regal in einen Smart zu verfrachten und als ich es endlich geschafft habe, steht Anna schon vor mir. Sie hat den antiken Spiegel in der Hand, der mir im Verhältnis zum Smart recht groß erscheint. »Wo warst du denn die ganze Zeit?«

Meine Antwort besteht aus unschlüssig ausgestoßener Luft. »Äääh, ich hab nichts gefunden.«

»Und was ist das da im Smart? Dein Geschirrspüler?«

»Das ist ... äh, dein Adventskalender.«

Anna schaut mich mit einer Mischung aus Vorfreude und Skepsis an, wobei die Skepsis überwiegt. »Und wie bringen wir den Spiegel nach Hause?«

»Dachgepäckträger?«, antworte ich und sehe dann selbst, dass der Smart keinen hat. »Wir könnten den Spiegel mit ein paar Gummispannern auf dem Dach befestigen«, sage ich schließlich.

Da uns nichts Besseres einfällt, besorge ich die Gummispanner und man mag es kaum glauben, nicht einmal dreißig Minuten später stehen wir vor einer Ampel, die recht plötzlich rot geworden ist und kehren ziemlich viele Scherben auf.

»Die bringen Glück, hab ich gehört«, sage ich.

Das ist der Moment, in dem Anna nicht mehr lächelt.

Montag, 04. Dezember

Am nächsten Morgen werde ich erneut von Kemals Anruf geweckt. Da aus unerfindlichen Gründen der Unterricht in Schweden bis auf wenige Ausnahmen genauso wie in Deutschland mitten in der Nacht beginnt, also um 8 Uhr morgens, ist Anna schon auf dem Weg in die Schule. »Endlich ich erreiche dich«, sagt Kemal.

»Es ist Montagmorgen, acht Uhr.«

»Ich weiß, aber ich auch nix kann dafür, wenn ich hab beste Idee von Welt an Wochenende, oder?«

»Du hast doch jeden Tag eine neue Idee.«

»Und ihr seid nie da, du in Schwede und Frau Dings in Kuba.«

»Frau Weber ist in Kuba?«

»Erst Urlaub und dann verlängert, weil sich zwanzigjährige Salsatänzer habe total in sie vernarrt.«

»Frau Weber ist fünfundfünfzig. Und verheiratet.«

»Geschiede. Und sechsundfünfzig.«

Tja, wenn man wie ich die ganze Zeit Homeoffice macht, bekommt man offensichtlich nicht mehr alles mit.

Das erinnert mich daran, dass ich gestern Abend auch von Anna nur noch wenig mitbekommen habe.

Kaum waren wir mit dem spiegellosen Rahmen daheim angekommen, meinte sie, sie müsse für morgen noch etwas vorbereiten und hat sich in ihrem Arbeitszimmer verkrochen.

Was mir immerhin die Zeit gab, das Billy-Regal aufzubauen und hinter dem Vorhang unserer Abstellecke zu verstecken.

Jetzt fehlen nur noch die Gedichte und ein paar Pralinen als Inhalt, die ich in der Stadt besorgen werde. Dann hat Anna heute Abend endlich ihren Adventskalender.

»Was hältst du von meiner neue Idee?«, fragt derweil Kemal am Telefon. »Ist super, oder?«

Ups, da war ich wohl ein wenig unaufmerksam. »Ja, ist super«, sage ich.

»Deswegen du müsse mache Fernsehkampagne, so schnell wie möglich, hab schon alles gebucht. Erster Spot werde diese Wochenende gesendet. ARD, ZDF, volles Programm.«

»Was?«

»Wir mache diese Mal ganz groß, setze alles auf eine Karte. Fernsehspots rund um das Uhr, Plakatwerbung, Internetbanner.«

»Internetbanner bringen nichts.«

»Woher ich soll wisse, wenn du nicht erreichbar? Jetzt ich schon hab alles gebucht an Wochenende.«

»Und Frau Weber hat dem zugestimmt?«, frage ich. Die dreht doch sonst jeden Cent dreimal um, bevor sie eine Zahlung veranlasst.

»Sie alles unterschriebe, ohne anzuschaue. Hat mich auch gewundert, weil wenn geht schief, Existenz von Firma steht auf Spiel. Aber sie sage nur, man muss Lebe seine Traum.«

Ich schlucke, obwohl ich im Grunde auch meinen Traum lebe, jedenfalls wollte ich immer in die Werbung und habe es dank Kemal erreicht. Und das steht jetzt offensichtlich auf dem Spiel.

»Du müsse komme nach Deutschland und leite Dreharbeite für Werbespot.«

»Gibt es denn schon ein Drehbuch?«

»Du müsse schreibe. Wann du komme nach Deutschland?«

Eigentlich könnte ich jetzt darauf bestehen, dass wir Heimarbeit vereinbart hatten, aber ich befürchte, wenn ich in Schweden bleibe, fährt Kemal die Firma und damit meinen Job mit Karacho an die Wand. »Ich muss heute Abend mal mit meiner Freundin darüber reden«, sage ich.

»Anna sicher stimme zu, so nett wie ist. Und wenn Anna höre von tolle Produkt, sie will bestimmt komme mit nach Deutschland.«

»Sie ist Lehrerin, sie kann nicht einfach verreisen.«

»Wenn man wolle gehe alles. Ich auch erst hatte Zweifel, ob Idee so gut, aber dann ich am Samstag ausprobiert und es geworde perfekt. Und Sonntag ich habe klar gemacht alle Verträge, damit wir verliere nix Zeit. Weil Zeit ist nämlich perfekt für meine Produkt. Ich hab sogar Antrag gestellt für lasse Idee patentiere.«

In dem Moment fällt mir auf, dass ich immer noch nicht weiß, um welches Produkt es geht. Das kann ich

Kemal jetzt allerdings nicht mehr sagen, also muss ich auf andere Art herausfinden, um was es sich handelt. »Meinst du, im Sommer wird es sich nicht verkaufen?«

»Doch, doch. Weil ist beste Produkt von ganze Welt. Es wird sich immer verkaufe wie geschnitte Fladebrot.«

»Und wer soll es produzieren?«

»Erste Charge ich selber produziert, aber dann ich gesehe, ist zu viel Arbeit und habe beauftragt großes Firma. Eine Million Stück pro Tag. Produziere drei Monate Vollschicht, nur für uns.« Er seufzt. »Ist ganz schön teuer, ich musste verpfände ganze Firmeeigetum, um nur zu bezahle Produktion von erste Woche, aber irgendwie wir müsse decke riesige Bedarf.«

»Wie hast du den Bedarf denn ermittelt?«

»Ich hab gefragt Schwiegermutter, war begeistert.«

»Ist deine Schwiegermutter nicht taub und blind?«

»War taub und blind.« Kemal räuspert sich. »Jetzt liege unter Erde.«

Ich muss erneut schlucken.

»Hat aber nix zu tue mit Produkt«, sagt Kemal schnell. »Schwiegermutter ist schon drei Monate unter Erde. Ich ihr gezeigt Produkt an ihre Grabstein und sie habe durch Engel zu mir gesproche und gesagt, ich solle unbedingt lebe meine Traum.«

Mir kommt das Ganze zwar vor wie ein Albtraum, aber das behalte ich lieber für mich.

»Ich nur unsicher mit Name«, sagt Kemal schließlich. »Soll ich Produkt nenne Eisdöner oder Dönereis?«

***

Nachdem mir vor Schreck das Telefon aus der Hand gefallen ist, erwache ich erst wieder aus meinem geistigen Koma, als Anna mir eine SMS sendet. *Ist es okay, wenn ich für heute Abend einen alten Freund zu uns einlade? 18 Uhr?*

Ja, klar, antworte ich, denn die Freunde, die ich von Anna bisher kenne, sind alle sehr nett. Und manche auch ein wenig durchgeknallt, aber stets lustig. Morten zum Beispiel, ein Rentner, der ehrenamtlich bei Greenpeace arbeitet und kein Eigentum mehr besitzt, sondern sich bei Bedarf alles leiht. Außerdem hat er einmal behauptet, er würde gerne einen Wal heiraten, aber er befürchte, er würde die Hochzeitsnacht nicht überleben.

Vielleicht hat der Freund von Anna ja eine Idee, wie man im Winter Dönereis verkaufen kann.

Ich habe nämlich keine. Andererseits, habe ich immer davon geträumt, ein erfolgreicher Werbefachmann zu sein und das wäre die Gelegenheit, mich zu beweisen. Schließlich kann jeder ein tolles Produkt vermarkten, doch die wahre Kunst ist es, ein Produkt erfolgreich zu bewerben, von dem bisher niemand wusste, dass er es braucht.

Um meinen Kopf freizubekommen, gehe ich in die Stadt und kaufe fünfundzwanzig Pralinen, eine für mich und vierundzwanzig für den Adventskalender.

Wieder daheim setze ich mich vor ein leeres Blatt Papier und nehme mir vor, einen passenden Slogan für das Dönereis zu finden.

Nach zwei Stunden intensivem Nachdenken ist mir nichts eingefallen, bis auf *Das ist echt der größte Scheiß – Dönereis.*

Nach dem Mittagessen bestehend aus Fladenbrot und Ayran beschließe ich, den Slogan morgen anzugehen und mich erst einmal dem Drehbuch für den Werbespot zu widmen.

Am späten Nachmittag fasse ich meine bisherigen Drehbuchentwürfe zusammen. Das gelingt mir recht schnell, denn sie sind alle vor Wut zerknüllt im Mülleimer gelandet.

In der Hoffnung, dass mir nur Zucker und Koffein fehlen, esse ich eine Praline und trinke eine Cola, die sofort einschlägt wie eine Bombe, weil ich sonst nicht mal einen Kaffee zu mir nehme.

Anschließend zapple ich zwar wild herum wie ein ADHS-Kind, aber mir fällt trotzdem nichts ein.

Ich nehme eine weitere Praline, glaube fast, dass ich eine Idee habe, doch dann verschwindet diese so schnell aus meinen Hirnwindungen wie die Praline in meinem Mund.

Ich nehme noch eine, doch die Idee bleibt verschollen.

Verzweifelt blicke ich auf die Uhr. Verdammt! Es ist schon 17:30 Uhr und Anna wollte um 18 Uhr mit ihrem alten Bekannten kommen.

Und ich hab die Gedichte für sie noch nicht aufgeschrieben und die Pralinen darin eingepackt.

Ich lasse alles stehen und liegen und exakt eine Minute vor 18 Uhr stehen alle Gedichte auf dem Geschenkpapier. Beim Einpacken zähle ich die Pralinen fünf Mal, doch es sind wirklich nur noch zweiundzwanzig. Spontan beschließe ich, den 24. Dezember nur mit einem Gedicht zu versehen, weil Anna an dem Tag das Weihnachtsgeschenk bekommt.

Für den 23. Dezember nehme ich Annas Geschenk für mich von heute, dass ich noch gar nicht ausgepackt habe, erhitze ihr Siegel und stemple meines darauf. Fertig. Ich nehme mir vor, das Geschenk in den nächsten Tagen auszutauschen und lege es gerade ins Billy Regal, als ich ziemlich kräftige Fußstapfen die Treppe hochkommen höre. Das kann auf keinen Fall Anna sein.

Als sich die Tür öffnet, glaube ich erst, neben Anna steht Dolph Lundgren und zwar so jung und muskulös wie damals bei Rocky IV.

Morten ist das schon mal nicht.

»Das ist Viggo.« Anna deutet auf den blonden Muskelprotz. Er trägt irgendwelche Trekkingklamotten, als müsse er noch schnell zum Nordkap. Immerhin hängt an seiner Jacke ein Greenpeace-Button, so beschließe ich, ihn sympathisch zu finden, lächle ihn an und reiche ihm die Hand.

Viggo hingegen mustert mich, als müssten wir gleich in den Ring zusammen. »*Hej*«, sagt er nur knapp, nimmt meine Hand und drückt sie zusammen wie eine Zitrone, die er auspressen will.

»Ich hab dir schon mal von ihm erzählt«, sagt Anna, während sie Dolph alias Viggo in unser Wohnzimmer bittet. Er reicht mir seine Trekkingjacke als sei ich ein Bediensteter. Während ich die Jacke in die Garderobe hänge, fällt mir auf, dass der Greenpeace-Button genau über dem Logo des Herstellers befestigt ist. Es ist einer dieser sündhaft teuren Edel-Outdoor-Marken, die ihre Kleider nicht für den nächsten Survival-Trip herstellen, sondern für den Laufsteg. Die Klamotten sind quasi das Pendant zu den SUVs, die einen auf Geländewagen machen, aber sofort steckenbleiben, wenn man mit ihnen mal durch eine Pfütze fährt.

Ich setze Tee auf, nehme eine Schüssel mit Pepparkaka, also Lebkuchen und bringe beides in das Wohnzimmer.

Eigentlich muss ich Anna dringend fragen, ob ich für den Dreh des Werbespots nach Deutschland kann, doch ich befürchte, das ist unpassend, solange Viggo da ist.

»Dein Adventskalender ist fertig«, sage ich stattdessen und deute auf den Vorhang vor der Abstellkammer.

Anna macht nicht einmal Anstalten aufzustehen und ihn sich anzuschauen, sondern lächelt nur verhalten.

»Ich dachte, ihr Deutschen seid so pünktlich?«, entgegnet stattdessen Viggo und zwar zu meiner Überraschung in Deutsch, wenn auch mit starkem schwedischen Akzent.

»Das ist ein Klischee«, antworte ich. »Wirst du spätestens erkennen, wenn du mal mit der Deutschen Bahn fährst.«

Anna muss lachen, während Viggo nicht mal mit der Wimper zuckt. »Wie hat dir eigentlich dein Geschenk für heute gefallen?«, fragt Anna.

»Super«, sage ich, denn bisher hat das auf alle ihre Geschenke zugetroffen.

»Da kommen schöne Erinnerung wieder, oder?«, fragt sie und schmiegt sich an mich.

Ich bemühe mich, nicht ganz so doof zu gucken. »Ja, sicher.«

Sie löst sich von mir. »Irgendwie wirkst du nicht so begeistert.«

»Doch, doch«, sage ich. »War nur heute viel los im Job. Kemal hat ganz verrückte Ideen. Ich muss eine Fernsehkampagne für ihn entwickeln, ein ziemlich abgefahrenes Produkt ...«

»Ich war auch mal in der Werbung«, unterbricht mich Viggo. »Bis ich gemerkt habe, was wirklich wichtig ist.«

Komisch, Anna hat mir nie erzählt, dass sie einen Werber kennt, obwohl ich von diesem Viggo ja angeblich schon mal gehört habe.

»Viggo hat mich übrigens auf seinem Mountainbike mitgekommen«, sagt Anna nun und wirkt total glücklich, obwohl draußen gefühlte Minus zwanzig Grad sind. In Deutschland fände ich das mehr als nur beachtlich, unter diesen Bedingungen mit dem Fahrrad zu kommen, aber für Schweden ist das völlig normal, die haben ein Temperaturempfinden wie ein Eisbär.

»Toll«, sage ich, während ich mir immer noch den Kopf zerbreche, woher ich Viggo kennen sollte.

»Viggo hat nämlich seinen Porsche verkauft.«

Dann wird mir alles klar.

Viggo ist Annas porschefahrender Ex-Freund. Der nach einem Unfall mit Anna lieber seinen Porsche in der Werkstatt besucht hat, statt Anna im Krankenhaus.

In der Hoffnung, dass man nicht sieht, wie mir gerade das Gesicht entgleist, nehme ich mir einen Lebkuchen und beiße hinein.

»Anna wollte dich noch etwas fragen«, sagt Viggo und gibt ihr einen – wie ich finde, viel zu vertrauten – Stups in die Seite.

Sie blickt mich unsicher an. »Also, Viggo fährt für eine Umweltorganisation am Mittwoch zur Weltklimakonferenz in Grönland.«

»Und ich hab sie eingeladen, mitzukommen«, sagt Viggo selbstsicher.

»Um unser Schulprojekt vorzustellen«, vervollständigt Anna.

Mir fällt beinah der Pepparkaka aus dem Mund. »Mit deinem Ex-Freund?«, will ich laut ausrufen, doch da er dabeisitzt, verzichte ich darauf. »Aber dazu müsste dich doch die Schule vom Unterricht freistellen?«, frage ich stattdessen.

Anna lächelt begeistert. »Die Schule hat die Freistellung schon genehmigt, weil ich dann die Interessen der Schüler direkt vor Ort vertreten kann und per Blog darüber berichten.«

Irgendwie kommt es mir gerade so vor, als bekomme ich nicht nur bei Kemal Industries nicht mehr alles mit, sondern auch daheim.

»Ich wollte dir das vorher schon sagen, aber du warst ja die ganze Zeit beschäftigt.« Anna beißt sich auf die Lippe. »Es hängt nur noch an dir. Kann ich mit Viggo nach Grönland?«

Die Männer mögen das Feuer entdeckt haben.
Aber die Frauen wissen besser, wie man damit spielt.
Sarah Jessica Parker, Schauspielerin

Dienstag, 05. Dezember

Den restlichen gestrigen Abend harmonierten Anna und Viggo so gut miteinander, dass ich mir vorkam wie ein Gast im eigenen Haus.

Natürlich konnte ich Anna den Wunsch nicht abschlagen, zur Klimakonferenz zu fahren, auch wenn Viggo mir mehr als nur Bauchschmerzen bereitet. Aber wie sang Sting schon damals in den 80ern: *If you love somebody set them free.*

Klar, wenn man Sting heißt, offensichtlich ganz nett ist, gut aussieht, toll singen kann und mehrere Millionen auf dem Konto hat, dann kann man das alles so locker sehen. Wer soll denn da noch Besseres kommen?

Wenn man allerdings Matthias Käfer heißt, vor Kurzem knapp der Pleite entgangen ist, schusselig und nur normal aussehend, dann ist ein Muskelprotz wie Viggo, der offensichtlich vermögend ist und trotzdem einen auf Öko macht, eine echte Bedrohung.

Dennoch wollte ich Anna den Wunsch nicht abschlagen.

Und mir nicht die Chance verbauen, mich als Werbeprofi zu beweisen und die Firma zu retten.

Da muss mir jetzt echt etwas einfallen.

Nun ist es meist so, dass mir die besten Ideen über Nacht kommen. Also genaugenommen nicht mir, sondern meinem Unterbewusstsein, aber das gehört ja auch irgendwie zu mir, selbst wenn ich es persönlich noch nie gesehen oder gesprochen habe.

Heute Nacht ist mir allerdings überhaupt nichts eingefallen.

Wenigstens hat sich Anna über meinen Adventskalender und die Gedichte gefreut, von denen sie heute Morgen immerhin fünf Stück auf einmal lesen konnte. Sie hat sogar versprochen, die Gedichte aus dem Adventskalender mitzunehmen, damit sie jeden Morgen an mich denkt. Denn die Klimakonferenz findet im hintersten Zipfel von Grönland statt, wo es kein Internet und nur Satellitentelefon gibt, damit die Politiker sich wirklich auf die Natur einlassen.

Und sie dauert eine Woche.

Bis dahin habe ich entweder meinen Job gerettet oder bin arbeitslos.

Nachdem Anna aus dem Haus gegangen ist, versuche ich noch einmal systematisch an die Werbekampagne heranzugehen. Zum Auftakt überlege ich mir, welche total unnötigen Produkte erfolgreich sind und wie man die vermarktet hat.

Als Erstes fallen mir Atomkraftwerke ein. Doch die hat sich nie jemand privat in den Garten gestellt, sondern sie wurden nur von Staatsunternehmen gebaut, weil irgendwelche Kraftwerkshersteller die entscheidenden Politiker entweder belabert oder bestochen haben. Scheidet demnach aus finanziellen und moralischen Gründen aus.

Als Zweites fallen mir Zigaretten ein, die nur deswegen dauerhaft funktionieren, weil sie abhängig machen und das wird bei Dönereis kaum der Fall sein.

Als Drittes komme ich auf Horoskope. Aber die zahlt man meist nicht extra und sie sind mehr Unterhaltung denn ernsthafte Beschäftigung, jedenfalls für jemanden, der noch alle Tassen in der Geschirrspülmaschine hat.

So komme ich offensichtlich nicht weiter. Vielleicht muss ich zuerst die negativen Assoziationen zu Dönereis loswerden, die ich nach wie vor empfinde.

Ich rufe Kemal an, denn möglicherweise ist ja alles gar nicht so schlimm, wie ich es mir ausmale.

»Und hast du schon fertig Kampagne?«, begrüßt er mich.

»So einfach ist das nicht«, entgegne ich.

»Wieso? Für Vor-Ort-Autoreparatur hast du doch auch innerhalb von eine Tag tolle Spot gemacht.« Er beginnt zu singen: »Wenn das Auto mal defekt ist, ja, was ist denn da dabei, da kommt Kemal vorbei, da kommt Kemal vorbei.«

»Das war auch ein Produkt, dessen Sinn auf den ersten Blick ersichtlich ist«, sage ich. »Man bleibt mit dem Auto liegen und jemand schleppt einen nicht teuer ab, sondern repariert vor Ort. Ein echter USP eben.«

»Was hat USB damit zu tun? Dönereis ist nix Computer.«

»USP«, wiederhole ich. »Unique Selling Point. So nennt man die unverwechselbare Eigenschaft eines Produktes, wegen der die Kunden es kaufen.«

»Die ist doch sonneklar für Dönereis«, antwortet Kemal. »Du liebe Döner, du liebe Eis, du liebe Dönereis.«

»Und wenn jemand Kaffee und Pizza mag, dann möchte er auch, dass seine Pizza nach Kaffee schmeckt?«

»Pizza esse nur Italiener. Wenn du aber nehme Lahmacun und türkische Espresso wird funktioniere. Ich sofort müsse aufschreibe.«

Ich verzichte wohl besser auf weitere Beispiele, damit ich Kemal nicht noch auf mehr existenzvernichtende Ideen bringe. »Sag mal, das Dönereis, aus was besteht das genau?«, frage ich stattdessen.

»Na, Döner und Eis.«

»Und wie stellst du das her?«

»Ich mixe Döner mit allem in Mixer klein, zusamme mit Wasser und viel Zitrone, packe in Gefriertruhe und stecke Stange aus hartgebackene Fladebrot rein, fertig.«

Tja, es ist doch so schlimm, wie ich mir das vorgestellt habe. »Kannst du die Produktion und die Werbespots noch stoppen?«

»Du zweifle an meine Idee?« Ich höre Unmut in Kemals Stimme.

»Nein, aber Eis im Winter, das lässt sich nur sehr schlecht verkaufen.«

»Das liege nur daran, dass es bisher nix gab Dönereis. Warte ab, wenn du probiere hier bei Werbedreh. Ich außerdem dir sende eine Karton, damit du könne mache populär, wenn du wieder zurück in Schwede.«

»Trotzdem, lass uns das richtig aufziehen«, sage ich. »Mit Marktforschung, durchdachtem Produktdesign und vor allem im Sommer. Also storniere alles, was du noch kannst.«

»Du zweifle an Einschätzung von meine Schwiegermutter?«

»Für jedes Produkt gibt es einen falschen und einen richtigen Zeitpunkt«, erwidere ich. »Apples Newton wollte auch niemand haben und erst als das Ding zwanzig Jahre später wieder als iPad auf den Markt kam, war es ein Erfolg.«

»Ich damals gekauft Newton. War super-Produkt, nur Schrifterkennung war nix gut. Aber Dönereis ist super-super-super-Produkt. Außerdem ich nix könne mehr storniere. Weil ich alles so kurzfristig gebucht, ich musste unterschreibe, das nix Storno möglich.« Er räuspert sich. »Plus du werde Zweifel sofort vergesse, wenn ich sage, wen ich habe gebucht für Werbespot.«

»Du hast jemanden gebucht ohne mit mir zu reden?«

»Zeit ist Geld und du nix geschickt Drehbuch, also ich habe entschiede. Ist super-prominente Promi.«

»Wer ist es?«, frage ich und mache mich auf einen dieser C-Promis gefasst, die es nicht mal ins Dschungelcamp schaffen.

»Es ist intelligenteste Frau von Deutschland«, sagt Kemal. »Und auch bekannt für ihre gute Geschmack.«

»Ist es eine Promi-Köchin?«, frage ich, denn das könnte sogar funktionieren.

»Viel besser«, sagt Kemal. »Es ist – halt fest dich – Daniela Katzeberger.«

Mittwoch, 06. Dezember

In der Nacht habe ich einen Albtraum, in dem ich unter der Brücke liege und nichts zu essen habe als Dönereis mit Gefrierbrand. Schließlich werde ich von einem Strumpf gefüllt mit Walnüssen und zwei Mandarinenaugen geweckt. Erst erschrecke ich, dann erkenne ich, dass ich wach bin, lache und schließlich wird mir klar, es ist Nikolaus. Anna hat an mich gedacht und ich habe mal wieder *inget*.

»Das ist nur ein kleines Dankeschön, weil ich nach Grönland darf«, sagt sie und gibt mir einen Kuss.

Ich überschlage kurz, wie kalt es im ewigen Eis von Grönland sein muss, wenn hier in Südschweden schon arktische Temperaturen herrschen und finde wenigstens etwas Positives daran, dass ich nicht auch in den hintersten Zipfel Grönlands fliegen muss, sondern nur nach Deutschland.

Wie es der Zufall will, starten unsere Flüge in Göteborg fast um dieselbe Zeit, also fahren wir per Carsharing mit einem Volvo zum Flughafen und holen unterwegs Viggo ab.

Er stellt einen verdächtig neu aussehenden Rucksack in den Kofferraum. »Ich wäre ja lieber mit dem

Mountainbike zum Flughafen gefahren, aber da ihr ohnehin mit dem Auto kommt, werden meine paar Muskeln die CO2-Bilanz nicht groß belasten, oder?«

»Und deine paar Gehirnzellen erst recht nicht«, würde ich antworten, täte mich jemand fragen. Aber das macht niemand und ihm selbst will ich das nicht sagen, denn Viggo ist mindestens fünfmal so stark wie ich.

Ich weiß nicht, was schlimmer ist, dass ich Anna eine Woche lang nicht sehen werde, dass ausgerechnet Viggo sie begleitet oder dass ich immer noch keine Idee für einen Dönereis-Werbespot habe.

Ob nun mit oder ohne Daniela Katzenberger.

Davon abgesehen, hätte ich eher Kevin Großkreuz genommen, auch wenn den Spot nur Fußballfans verstehen dürften.

Am Flughafen drängelt sich Viggo sogleich neben Anna und lässt mich nicht mal ihren Koffer schieben. »Bei den Flugtickets ist was ganz Dummes passiert«, sagt er, blickt aber eher erfreut als zerknirscht. »Es gab nur noch Businessclass.«

Ich halte Viggo ja schon die ganze Zeit für einen Blender, aber spätestens jetzt bin ich absolut überzeugt davon. Nun sind Frauen im Allgemeinen ja cleverer als Männer, aber von der Männerpsyche haben sie genauso wenig Ahnung wie wir von jener der Frauen. Jedenfalls scheint mir das der einzige Grund, weswegen Anna nicht merkt, dass Viggo sich gar nicht geändert hat, sondern nur seine Masche.

Vielleicht sehe ich das aber auch nicht objektiv, weil ich Anna so sehr liebe, dass ich Angst davor habe, sie zu verlieren.

Und vielleicht muss ich ihr einfach vertrauen, schließlich hat sie mich noch nie enttäuscht.

Ich bringe die beiden ans Gate, merke, wie sich eine Träne im Auge nach oben kämpft und versuche sie zu unterdrücken, damit ich vor Viggo nicht wie ein Waschlappen dastehe. Anna scheint es ähnlich zu gehen und wir umarmen uns so lange, bis Viggo meint, das wäre jetzt der Last Call für das Priority-Boarding.

Als Frauen noch keine Karriere gemacht haben, war das Leben irgendwie einfacher.

Also für uns Männer.

Viggo kommt auf mich zu und knufft mich zum Abschied in die Seite. »Keine Angst, Anna ist bei mir in guten Händen.«

Ich bin ja nun wirklich kein Patriarch, aber in dem Moment verstehe ich recht gut, warum der Keuschheitsgürtel erfunden wurde.

***

Kaum sind die beiden im Flugzeug verschwunden, trotte ich zu meinem Gate und steige in meine Maschine. Die Aussicht darauf, von Anna eine geschlagene Woche lang nichts zu hören, bedrückt mich und ich frage mich, ob ich unter den Bedingungen überhaupt kreativ sein kann.

Schließlich lähmt nichts so sehr wie Angst.

Und Botox. Wer das nicht glaubt, braucht nur mal in das Gesicht von Nicole Kidman zu schauen.

Wie in Trance setze ich mich auf meinen Platz. Ich erwache erst wieder aus meiner Lethargie, als mir auffällt, dass der Pilot des Flugzeugs durch die Passagierreihen geht und jeden Gast einzeln mit Handschlag begrüßt.

Dann ist er auch schon bei mir und reicht mir die Hand. Irgendwie kommt er mir bekannt vor. Ich könnte schwören, dass ich ihn schon einmal gesehen habe.

Als ich seine Stimme höre, fällt es mir schlagartig ein. Mir wird beinah schwarz vor Augen. »Herr Enders?«, rufe ich.

»Das steht auf meinem Namensschild«, sagt er.

»Ich kenne Sie.«

Jetzt blickt er mich genauer an. »Waren Sie auf einem Flug nach Göteborg nicht mein Sitznachbar, der mit der schwedischen Freundin, der so Flugangst hatte?«

Ich nicke und beuge mich näher zu ihm. »Ich hatte vielleicht ein wenig Flugangst, aber Sie hatten damals Flug*panik*.«

»Das ist lange her«, entgegnet er und deutet auf seine Kapitänsuniform.

»Das ist nicht mal ein Jahr her«, widerspreche ich. »Wie sind Sie denn so schnell Pilot geworden?«

»Ich war es schon«, antwortet er. »Aber ausgerechnet auf meinem Jungfernflug habe ich damals unerklärliche Flugpanik bekommen.« Er winkt ab und dann erst fällt mir auf, dass seine Augenlider unkontrolliert zucken. »Doch jetzt ist alles wieder gut, ich habe meine Flugstunden nachgeholt und heute ist ...« Er lächelt mich an. »Mein Jungfernflug.«

Donnerstag, 07. Dezember

Einen Tag später als geplant sitze ich doch noch im Flugzeug nach Deutschland, denn als der arme Herr Enders glaubte, sich Mut antrinken zu müssen, um seinen Jungfernflug zu überstehen, wurde es den Stewardessen zu viel.

Jetzt sitzt Herr Enders wahrscheinlich in einer Ausnüchterungszelle und ich in einem dieser Billigflieger, die personell so dünn besetzt sind, dass die den Flug canceln, kaum fällt ein Besatzungsmitglied aus.

Ich bin total übermüdet. Gestern Abend hat Anna mir geschrieben, dass sie nun gleich keinen Empfang mehr habe und an mich denke. Außerdem sei die Buchung für ihr Hotel schiefgegangen und es sei nur noch ein Doppelzimmer für sie und Viggo frei gewesen, oder genaugenommen eine Suite.

Zum Glück hab ich keine Zeit, mir Gedanken zu machen, ob ich das glauben soll oder nicht, denn schon eine Stunde nach der Landung soll der Werbespot gedreht werden. Alle und alles steht bereit, nur eben das Drehbuch noch nicht.

Da neunzig Prozent der Fernsehwerbung stupid, langweilig und nervig ist, aber dennoch funktioniert, habe ich mich entschieden, meine Ansprüche ein paar Stockwerke tieferzuschrauben.

Trotzdem ist mir noch nichts eingefallen.

Manche Leute behaupten ja, sie würden unter Druck am besten arbeiten, aber ehrlich gesagt, halte ich die meisten von denen nur für Faulpelze, die vorher den Po nicht hochbekommen und erst im letzten Moment anfangen.

Ich hingegen mache mir seit drei Tagen Gedanken, hab vier Ratgeberbücher verschlungen, geschätzte achthundert Fernsehspots gesehen und trotzdem nicht eine Idee, wie man Dönereis im Winter erfolgreich im Millionenmaßstab verkaufen kann.

Darum geht es schließlich, nicht um irgendwelche hippen Randgruppen, die man mit lustig-absurder Werbung zum Kauf animieren könnte, sondern um dich und mich und alle anderen.

Um die träge Masse.

Sonst ist Fernsehwerbung total verschenkt.

Da ich nun auch noch Daniela Katzenberger in den Fernsehspot integrieren darf, versuche ich über Assoziationen zu ihr auf eine Lösung zu kommen, aber mehr als Pfälzisch, Oggersheim und zu hoch tätowierte Augenbrauen fallen mir nicht ein.

Promis haben mich eben noch nie interessiert, vor allem, wenn sie nicht wenigstens über eine herausragende Fähigkeit verfügen. Wer mal eben die Relativitätstheorie widerlegt, der darf sich wegen mir gerne im Rampenlicht sonnen, aber nur gut aussehen und die Bereitschaft, alles vor einer Kamera zu machen, finde ich doch ein wenig dünn.

Und jetzt muss ich mit einer von denen sogar einen Werbespot machen.

Ich hab die ganze Nacht nach einer Idee gesucht, keine Sekunde geschlafen, aber irgendwie habe ich den Eindruck, durch all das Nachdenken bin ich total blockiert.

Um abzuschalten, mache ich die Augen zu und kurz darauf hört man von meinem Sitz nur noch ein leises Schnärcheln.

***

Als ich wieder aufwache, sind wir schon in Frankfurt gelandet. Und ich habe eine Idee.

Nein, keine tolle Idee, schließlich bin ich kein Genie, sondern nur Matthias Käfer, aber wenigstens eine, mit der man arbeiten kann.

Ich steige aus dem Flieger und würde mich jetzt gerne sofort in ein Taxi setzen und ins Studio nach Mannheim fahren, was in Filmen auch so funktioniert. In der Realität darf ich aber erst mal zu Fuß eine halbe Weltreise durch den Flughafen unternehmen, bis ich schließlich am Gepäckband stehe, auf meinen Koffer warte und dann darf ich wieder durch andere endlos lange Gänge latschen, bis ich endlich am Taxistand ankomme.

Wo selbstverständlich kein Taxi steht.

Dafür Kemal, der mich herzlich umarmt. Zu meiner Überraschung steigen wir in einen klapprigen Ford Transit. »Wo ist dein Mercedes?«, frage ich.

»Hab ich verkauft, irgendwie ich musste bezahle Gage von Daniela Katzeberger.«

Ich schlucke, schildere ihm aber dann die Drehbuch-idee und er ist begeistert.

So schnell es der Transit noch kann, düsen wir nach Mannheim ins Aufnahmestudio eines lokalen Fern-sehsenders, bei dem Kemal die Produktion des Werbe-spots gebucht hat, während ich versuche, das Dreh-buch für den Spot in meinen Laptop zu tippen.

Als wir bei dem Lokalsender ankommen, erinnert mich der Gang durch die Garderobe daran, dass diese Sender immer etwas Trashiges an sich haben. So hän-gen in der einen Ecke neben ein paar Perücken, ein verblichenes Kostüm von Spiderman und in der ande-ren eines von Arnold Schwarzenegger, samt Papp-maché-Maschinenpistole.

Auch die sonstigen Ausstattungsgegenstände sind eher B-Ware. Der Werbespot wird ohnehin keine Hochglanzproduktion. Schließlich geht es ja auch um Dönereis und nicht um Diamanten.

Kemal führt mich weiter in den Schminkraum. »Das ist Daniela Katzeberger«, sagt er und zeigt auf eine ziemlich große, ziemlich schlanke und ziemlich blon-de Frau.

Sie begrüßt mich lächelnd. »Hallo, ich bin die Chan-tal«, sagt sie. Und zwar in perfektem Hochdeutsch, was genetisch bedingt niemand beherrscht, der in Ludwigshafen-Oggersheim geboren wurde.

Ich reiche ihr die Hand, nehme dann Kemal zur Sei-te und führe ihn zurück in die Garderobe. »Das ist nur eine Daniela-Katzenberger-Imitatorin!«

»Was ist Imitator?«, fragt Kemal. »So etwas wie Ter-minator? Hasta la vista, baby?« Er deutet auf das Arnold-Schwarzenegger-Kostüm in der Ecke.

Ich schließe die Augen und seufze. Kann es noch schlimmer kommen?

Am besten ich denke gar nicht darüber nach. Stattdessen drucke ich das Drehbuch mehrfach aus, reiche jedem ein Exemplar und erkläre die Rollen.

Neben dem Fernsehstudio befindet sich eine Tankstelle, deren Besitzer wir schnell davon überzeugen können, den Kassenbereich der Tankstelle für den Werbespot zur Verfügung zu stellen, während er die Kunden vor der Tankstelle bedient und abkassiert.

Tja, sobald es ins Fernsehen geht, sind alle bereit, den größten Mumpitz mitzumachen.

Wir üben den Text ein paarmal trocken, was vor allem bei Kemal ein wenig dauert, denn er ist angespannt wie eine bis zum Platzen gefüllte Wasserbombe.

Dann endlich ist es soweit und wir drehen den ersten Take.

Chantal alias Daniela Katzenberger betritt die Tankstelle. »Ich hätte gerne einen Döner und ein Eis.«

Kemal schaut gelangweilt hinter seinem Tresen hervor: »Machte fünf Euro fünfzig.«

Chantal, erschrocken naiv: »Ich hab aber nur vier Euro.«

»Dann du müsse kaufe Döner oder Eis«, sagt Kemal erst desinteressiert, doch dann ein Grinsen, er holt etwas unter der Theke heraus und strahlt über beide Ohren: »Oder Dönereis!«

Er reicht Chantal das Dönereis und schiebt Wechselgeld über den Tresen, sie öffnet erwartungsfroh die Packung, blickt lustvoll fasziniert auf das braune Eis und beißt hinein. »Boah, ist das eklig!«, schreit sie.

»Stehe das so in Drehbuch?«, fragt mich Kemal.

»Schnitt!«, rufe ich, während eine Stimme vom Band sagt: »Dönereis: Da reicht das Geld auch noch, um sich die Augenbrauen tätowieren zu lassen.«

Chantal kommt würgend auf uns zu. »Wo ist die versteckte Kamera?«

Ich zucke mit den Schultern. »Es gibt keine.«

»Ist das euer Ernst?« Sie spuckt vor mir auf den Boden. »Das Zeug würde ich nicht mal meinen Katzen zu essen geben.«

In dem Moment fällt mir auf, dass ich das Eis noch nie probiert habe. Ich lasse mir von Kemal eine Packung geben, reiße sie auf und lecke daran.

Angewidert verziehe ich mein Gesicht. »Das Zeug schmeckt ja wie gefrorenes Wurstwasser mit Elchpipi!«

Mit dem Geschmack ist es wie mit dem Hintern:
äußerst geteilt.
Schwedisches Sprichwort

Freitag, 08. Dezember

Als ich am Morgen in meinem Hotelzimmer in der Ludwigshafener Innenstadt aufwache, habe ich trotz achtmaligem Zähneputzen gestern Abend immer noch den Geschmack des Dönereises im Mund.

Da ich mein Haus in Ludwigshafen-Oggersheim an ein paar Mietnomaden vermietet habe, kann ich dort nicht übernachten. Also habe ich mir ein Hotel in der Innenstadt genommen, direkt gegenüber der Minifiliale der Sparkasse, in der ich früher gearbeitet habe. Es war immer mein Traum gewesen, in der Marketingabteilung der Sparkasse zu arbeiten, bis ich gemerkt habe, dass ich gar nicht in eine Bank passe.

Vor einer Woche wäre ich noch voller Stolz an der Sparkasse vorbeigelaufen, hätte vielleicht sogar meinen ehemaligen Vorgesetzten Osram Huber besucht. Dann hätte ich ihn nach seiner Verdauung gefragt und nach dem Stand der Dinge mit der unersättlichen Anabolika-Heidemarie, die ich beide miteinander verkuppelt habe. Jetzt allerdings würde ich am liebsten vor Scham im Boden versinken.

Doch es nützt alles nichts, ich putze mir noch viermal die Zähne, nehme drei Fisherman's und dann ist es einigermaßen erträglich. So schnell wie möglich gehe ich auf der anderen Straßenseite an der Sparkasse vorbei und fahre dann mit der Straßenbahn zur Krisensitzung in Kemals Büro. Den Dreh des Spots haben wir auf heute verschoben, weil Chantal sich gestern bei jedem Take beinahe übergeben hat.

Bis sie es beim zehnten schaffte.

Nein, nicht den Spot zu drehen.

Ich lasse mir von Kemal das Eis aus verschiedenen Produktionschargen geben, in der Hoffnung, dass eine davon besser ist und lecke vorsichtig an jedem.

Doch stets verziehe ich angewidert das Gesicht, es ist alles der gleiche industrielle Einheitsbrei, mit eben dieser speziellen Geschmacksnote. »Hast du das Eis nie jemandem zu probieren gegeben?«, frage ich.

Kemal schüttelt den Kopf. »Ich fand das lecker.«

»Da bist du wohl der Einzige.« Ich seufze. »Selbst wenn wir die Leute dazu bringen, das Eis zu kaufen, werden sie es nach dem ersten Versuch nie wieder tun. Nicht mal im heißesten Sommer, wenn alle anderen Eissorten ausverkauft sind.«

»Vielleicht ist das Grund, dass Langnase wollte erst Eis lizenziere von mir, aber plötzlich nur noch wollte produziere.«

Ich verzichte darauf, Kemal zu sagen, wie die Firma wirklich heißt. »Wie viele Bestellungen hast du denn für das Eis bisher bekommen?«

»Bestellungen?«, fragt Kemal. »Niemand wisse, dass Dönereis existiere, sonst klaue Idee.«

»Hast du nicht mal mit einer Supermarktkette gesprochen?«

Kemal schüttelt den Kopf.

»Und wie soll der Handel mitbekommen, dass es jetzt Dönereis gibt?«

»Na, dafür wir doch drehe Werbespot.«

Ich seufze. »Normalerweise liegt das Produkt schon im Supermarkt wenn der Werbespot läuft, damit die Kunden es am nächsten Tag kaufen können.«

»Langnase übernimmt Vertrieb«, sagt er. »Die liefere sofort, wenn jemand bestellt.«

»Und wenn niemand bestellt?«

»Dann sie müsse auch nix liefere. Ist egal, ob Produkt verschimmle in Supermarkt oder in Lager.«

Da hatte Kemal immerhin recht. »Außerdem wir arbeite mit Knappheit.« Er lächelt verschmitzt. »So wie Apple, Leute werde campiere für Dönereis vor Supermarkt.«

»Hast du schon wieder vergessen, dass das Eis furchtbar schmeckt?«

Kemal seufzt. »Wir könne mache Extra-scharf-Version mit Pul Biber.«

»Ich glaube nicht, dass die Leute Bieber essen wollen.«

»Nein, nix Bieber, Pul Biber.«

»Justin Bieber? Der ist nun wirklich zu teuer für die Werbekampagne.«

Kemal schüttelt den Kopf. »Rotes Extra-scharf-Zeugs was bestehe aus Chili, Salz und Pflanzeöl und heiße Pul Biber.« Kemal stellt ein Eis in eine Kaffeetasse und schüttet das Pul Biber darüber. »Wenn passe bei Döner, passe vielleicht auch bei Dönereis.«

»Eis müsste doch eher süß als scharf schmecken, oder?«

»Dann wir probiere so«, sagt er, nimmt ein zweites Dönereis, stellt es in eine Tasse und schüttet zwei Teelöffel Zucker dazu. »Meinst du nicht, eine geniale Slogan von dir kann rette Dönereis? So wie: *Das Schlimmste ist, wenn ich bin tot, kann nix mehr esse Kemals Fladebrot.*«

»Der Slogan hat nur funktioniert, weil dein Fladenbrot echt lecker ist.«

»Vielleicht muss Eis schöntrinke, so wie mit schlechte Wein.«

»Ach und nach drei Eis schmeckt das dann auf einmal?«

Er zuckt mit den Schultern. »Vielleicht nach drei Bier und vier Korn?«

»Ich denke, Muslime trinken keinen Alkohol?«

»Nur wenn ist Notlage. Oder Notlüge. Ich immer verwechsle.« Er seufzt verzweifelt. »Auf alle Fälle ich jetzt könnte eine trinke.«

Inzwischen ist das Eis in den Tassen geschmolzen. Kemal will die Tassen mit Zucker und den Chilischoten gerade einfrieren, als ich ihn zurückhalte. »Lass mal flüssig probieren.«

Ich nehme die Tasse mit dem Extra-scharf-Zeugs, dessen Namen ich schon wieder vergessen habe und nippe daran.

Es schüttelt mich zwar immer noch, aber nur noch so wie beim Verzehr von Chips mit Essig und Zwiebeln. »Vielleicht habe ich eine Idee«, sage ich und lächle das erste Mal seit zwei Tagen wieder.

Samstag, 09. Dezember

Der Terminator blickt sich um, schiebt sich die Sonnenbrille ins Gesicht und betritt eine Tankstelle, in der Rechten eine Maschinenpistole, in der Linken ein ausgepacktes Dönereis am Stil. Okay, genaugenommen ist das nur Kemal im Arnold-Schwarzenegger-Terminatorkostüm und die Maschinenpistole ist aus Pappmaché, aber das Dönereis ist echt und darauf kommt es schließlich an.

Er richtet sein Pappmaché-Maschinengewehr auf die Tankwärtin, die ziemlich genau aussieht wie Daniela Katzenberger. »Hasta la Dönersuppe, baby?«, fragt der Terminator und die Tankwärtin schüttelt irritiert den Kopf.

Der Terminator schiebt das Dönereis in sein Maschinengewehrmagazin und schießt es in eine offene Mikrowelle, in welcher ein leerer Kaffeepott steht, woraufhin das Eis mit dem Fladenbrotstil nach oben in der Tasse landet. Ein weiterer Schuss auf die Tür der Mikrowelle, sie schließt und die Tasse samt Dönereis beginnt sich zu drehen.

Ein paar Sekunden später öffnet sich die Mikrowelle wieder und eine dampfende Suppe steht vor dem

Terminator. Er rührt die Dönersuppe mit dem Fladenbrotstäbchen um, schüttet das Extra-Scharf-Zeugs hinzu und trinkt die Suppe auf ex. Dann rülpst er, was nicht im Drehbuch steht und sagt: »I'll be schleck.«

Kaum fällt die Klappe, klatschen alle am Set. Ich schalte mein Handy aus, mit dem ich ein paar Making-of Aufnahmen gemacht habe und klatsche erleichtert mit. Ich hab gestern den ganzen restlichen Tag und die gesamte Nacht an dem Skript und anderen notwendigen Veränderungen gearbeitet, um zu retten, was zu retten ist. Jetzt scheint es allen zu gefallen und ich bin peinlich berührt. Vor allem wegen des total falschen Englisch, aber *Douglas* kommt ja mit *Come in and find out* auch schon seit Jahren durch. Außerdem steht die Jugend auf verwurstete Sprache, da braucht man sich nur einen Rap-Song anzuhören. Wenn man jahrelang Rechtschreibregeln und Grammatik pauken muss, dann freut man sich eben über jeden bewussten Regelbruch.

Außerdem haben wir Winter und da passt Suppe nun mal viel besser als Eis.

Auch wenn Kemal das immer noch nicht verstanden hat, jedenfalls kommt er keine Minute nach dem Dreh im Terminatorkostüm auf mich zu. »Warum ich muss sage Dönersuppe und dann auch noch trinke? Ich hab noch nie von Suppeeis gehört?«

»Wer wäre der letzte Mensch, dem du zutrauen würdest, daheim bei Muttern eine Suppe zu löffeln?«

»Der Terminator?«

»Genau«, antworte ich. »Damit machen wir auch für alle anderen vorstellbar, eine Suppe zu essen. Und das funktioniert natürlich nur, weil die Suppe so ungewöhnlich daherkommt, dass wir den Wunsch wecken, sie zu probieren.«

»Aber das mit Dönereis genauso!«

Ich schüttle den Kopf. »Dönereis sieht aus wie jedes andere Eis auch. Und es schmeckt beschissen.« Ich zeige auf die Tasse mit der Suppe. »Dönersuppe hingegen sieht verpackt aus wie Eis. Das macht neugierig. Und sie schmeckt annehmbar. Jedenfalls war das gestern Abend als warme Suppe mit dem Extra-scharf-Zeugs die einzige Form, in der wir mehr als eine Portion essen konnten, oder?«

Kemal nickt. »Aber ich versteh trotzdem nix«, sagt er. »Warum schmeckt als Eis beschisse und als Suppe gut?«

»Weil Temperatur oft auch den Geschmack eines Produkts verändert. Denk mal an Orangensaft, kalt schmeckt der super, warm furchtbar. Oder Kaffee, kalt eine Katastrophe und warm finde ich das zwar auch eine Katastrophe, aber den meisten Leuten schmeckt er. Bei der Dönersuppe verhält sich das wahrscheinlich genauso. Schließlich schmeckt ja auch Döner warm am besten, oder?«

»Du hättest mir solle sage Samstag, als ich hab versucht dich anzurufe. Oder Sonntag. Aber jetzt zu spät, steht Dönereis auf Packung von Suppe.«

»Ich hab gestern Nacht schon ein neues Design entwerfen lassen«, entgegne ich. »Der Produzent kann es sofort einsetzen, wenn du zustimmst. Wir müssen nur überall eine kleine Packung von dem Extra-scharf-Zeugs beilegen.«

Kemal schaut mich misstrauisch an. Sonst mache ich nichts hinter seinem Rücken, aber wenn ich jeden

Schritt mit ihm einzeln abgestimmt hätte, während er ständig neue Ideen generiert, hätten wir jetzt nicht mal den Werbespot im Kasten. »Erstens das heißt Pul Biber«, sagt Kemal. »Und zweitens, du habe vergesse, wer Chef von Lade?«

»Wenn du beim Dönereis bleibst, wird es bald keinen Laden und keinen Chef mehr geben.«

Er reibt sich die Stirn. »Aber was ist mit bisher produzierte Eis?«

»Können wir umverpacken und noch eine kleine Packung Pul Biber beilegen. Kostet halt noch mal Geld, aber glaub mir, das ist die einzige Chance, das Eis zu verkaufen.«

Ich spüre zwar, dass Kemal nicht vollends überzeugt ist, wahrscheinlich weil die Idee nicht von ihm stammt, aber schließlich nickt er.

»Okay«, sagt er. »Du habe mich schon einmal gerettet, also ich vertraue dir.« Er seufzt. »Wir ändere Produktion, lasse bisherige Eis umverpacke als Dönersuppe und du gebe Werbespot an Fernsehsender. Dann werde wir heute Abend in TV anschaue und morge wir sind reich. Oder pleite.«

***

Als ich am Abend in mein Hotelzimmer komme, bricht sofort wieder die Einsamkeit über mich herein und ich vermisse Anna. In Zeiten der ständigen Verfügbarkeit sind wir es gar nicht mehr gewohnt, eine Woche lang keinen Kontakt zu haben.

Dabei kann ich mich noch gut erinnern, wie es war, als ich am letzten Tag vor den Sommerferien meiner

Angebeteten Julia über den Schulstreber zwischen uns einen Zettel zugesteckt hatte, ob sie denn mit mir gehen möchte. Die ganzen Sommerferien hab ich auf eine Antwort gewartet, mir jeden Tag Hoffnung gemacht, hab mir unsere gemeinsame Zeit in schönsten Träumen ausgemalt, bis die Sommerferien vorüber waren und ich herausfand, dass Julia den Zettel gar nicht erhalten hatte, weil der Schulstreber darauf spontan seinen angeblich nobelpreisverdächtigen Einfall notiert hatte, mit dem er alle Ernährungsprobleme der Menschheit lösen wollte.

Tja, die Ernährungsprobleme sind immer noch nicht gelöst und Julia hatte mir später bei einem erneuten Versuch ziemlich schnell und mit einer ziemlich kräftigen Ohrfeige eine Abfuhr erteilt, aber diese sechs Wochen Bangen und Hoffen, die werde ich nie vergessen.

Um mich abzulenken, schalte ich den Hotelfernseher ein, es laufen die Nachrichten, irgendein Bericht irgendeiner Kommission über irgendein ganz dringendes Problem, das man in eben jener Kommission versenkt hat, bis es irgendwann umso mächtiger wieder auftauchte.

Das erinnert mich an den Klimawandel und plötzlich frage ich mich, ob denn darüber nicht auch im Fernsehen berichtet wird. Zum Beispiel in den Nachrichten. Jetzt rächt es sich, dass ich kein Internetjunkie bin, der ständig jede News auf seinem Smartphone checkt, weil er ja was verpassen könnte. Ich Idiot gehe nämlich nur ins Netz, wenn ich etwas Konkretes benötige, wie Onlinebanking oder eine Zugverbindung.

Während ich die Nachrichten weiter nebenbei anschaue, öffne ich auf meinem Laptop den Internetbrowser und suche nach der Weltklimakonferenz in Grönland. Weil der Browser mehr als ein paar Sekunden benötigt, öffne ich gleichzeitig auch noch den Browser auf meinem Handy. Als sich dort endlich etwas tut, höre ich, wie der Nachrichtensprecher etwas von Grönland sagt, und blicke wieder auf den Fernseher. Man sieht irgendeinen Staatschef bei einer Rede, die Kamera schwenkt ins Publikum, ich gehe näher an den Fernseher heran und sehe im rechten oberen Bildrand Anna, neben ihr Viggo. Mein Herz bleibt beinahe stehen, vor allem, als sich Viggo näher zu ihr beugt und es so aussieht, als ob er ihr einen Kuss auf die Backe gibt. Genau in dem Moment wechselt die Kamera wieder auf den Redner.

Sonntag, 10. Dezember, 2. Advent

Die ganze Nacht habe ich mir alle verfügbaren Nachrichtensendung angeschaut, sowie sämtliche Berichte, Videos und Fotos, die man zur Weltklimakonferenz im Internet finden konnte, doch jedes Mal endet die Aufnahme genau in dem Moment, in dem Viggo entweder kurz davor ist, Anna einen Kuss auf die Backe zu geben oder ihr etwas zuzuflüstern.

Ich hab sogar beim Fernsehsender angerufen, der die Szene ausgestrahlt hat. Als ich den heute Morgen endlich erreicht habe, konnten sie mir nur sagen, dass sie das Material zentral erhalten würden und selbst keinen Kontakt nach Grönland hätten. Ich müsse mich wie alle anderen noch ein paar Tage gedulden, bis die Resultate der Konferenz auf dem Tisch lägen.

Ich hoffe, dass da nicht noch was ganz anderes auf dem Tisch liegt und beschließe, zur Arbeit zu fahren und das Problem zu verdrängen. Das gelingt mir nur mittelmäßig, jedenfalls hänge ich in der Straßenbahn ständig an meinem Handy, genau wie alle anderen. Doch das, was ich nachzuschauen habe, ist nun mal so

69

viel wichtiger, als bei allen anderen, auch wenn das wahrscheinlich jeder so sieht.

Kurz bevor ich im Büro bei Kemal ankomme, fällt mir ein, dass ich im Internet nachschauen könnte, wie unser Werbespot so angekommen ist. Erstaunt registriere ich, dass dieser schon fünf Minuten nach der Ausstrahlung online gestellt und danach hundertfach geteilt wurde.

Zwar machen sich die meisten darüber lustig, aber am wichtigsten ist ohnehin, dass man über die Dönersuppe redet. Denn erst, wenn der Handel mitbekommt, dass die Dönersuppe existiert, werden sie welche bestellen.

Im klassischen Marketing nennt man das die Pull-Strategie. Dahinter steht die Idee, so viel Druck über den Kunden im Handel zu machen, dass dieser das Produkt bestellt.

Normalerweise machen das ausschließlich große Konzerne, denn nur die haben das Geld für eine massive Werbekampagne.

Als ich im Büro ankomme, und Kemal frage, wie lange die Werbung laufen wird, beichtet er mir, dass sein Geld nur für drei Tage Fernsehwerbung reicht.

Danach ist er pleite und ich meinen Job los.

Also ruft Kemal schon seit dem Morgen alle halbe Stunde beim Produzenten an, ob irgendwelche Bestellungen eingegangen sind.

Weil er niemanden erreicht, glauben wir erst, dass die Vertriebsabteilung wegen der ganzen Bestellungen völlig überlastet ist, bis uns einfällt, dass Sonntag ist! Sowohl die Verkäufer bei Langnese wie auch die Einkäufer in den Handelsketten werden wahrscheinlich erst am Montag wieder auf der Arbeit erscheinen.

Und dann hoffentlich bestellen, was das Zeug hält.

Normalerweise versuche ich, Sonntags das Leben zu genießen, also nicht zu arbeiten, doch weil ich Anna mit jeder Minute mehr vermisse und auf keinen Fall darüber nachgrübeln will, was sie mit Viggo in Grönland alles macht, beispielsweise um sich oder ihn aufzuwärmen, bleibe ich bei Kemal im Büro.

Weil er vor ein paar Tagen etwas von einem Patent erzählt hat, lasse ich mir von Kemal den entsprechenden Antrag zeigen und bin überrascht, dass das Patentamt den Eingang am Freitag schon bestätigt hat und eine baldige Prüfung verspricht.

Kemal erzählt irgendetwas von einer Innovationsoffensive der Bundesregierung, von der ich noch nie gehört habe, aber ich vermute eher, dass es sich um einen Fehler in der Behörde handelt, bei dem jemand aus Versehen den Stapel mit den unerledigten Anträgen in der falschen Reihenfolge abgearbeitet hat.

Allerdings muss Kemal erst einmal die Rechnung für die Bearbeitung bezahlen, deren Höhe ebenso nach einem Behördenfehler aussieht – dieses Mal einem unerfreulichen. Ich überprüfe im Internet, ob ein Patentantrag wirklich so teuer ist, finde es bestätigt und denke dann, dass die Abschaffung der Gebühren eine echte Innovationsoffensive wäre und lege Kemal den Überweisungsbeleg hin.

»Was ich soll damit?« Er schiebt den Beleg zu mir zurück.

»Überweisen.«

»Bank hat zu.«

»Onlinebanking geht auch Sonntags.«

»Konto hat auch zu«, entgegnet er. »Ist leer wie Badewanne in Wüste, wenn Stöpsel gezoge.«

Ich spare mir die Frage, was eine Badewanne in der Wüste soll. »Das Patent ist das einzig Handfeste, das wir haben«, sage ich. »Das ist wichtiger als der hundertste Werbespot.«

»Aber Werbespot schon bezahlt und Geld leer.«

»Aber vielleicht finden die Menschen irgendwann das Dönereis gut«, sage ich. »Vor dreißig Jahren hätte auch nie jemand geglaubt, dass sich flüssige Gummibärchen mit einer Überdosis Koffein verkaufen wie blöd.«

»Ich aber brauche jetzt Geld und nicht in dreißig Jahre.«

Ich nehme den Beleg und mir vor, Kemal morgen noch einmal darauf anzusprechen, nachdem hoffentlich die ersten Verkaufszahlen eingetroffen sind.

Ich entwerfe und versende je ein Mailing an alle Feinkostläden der Republik, sowie an alle Supermarktketten und die drei Tante-Emma-Läden, die noch existieren, dann verabschiede ich mich in die Einsamkeit meines Hotelzimmers.

Anna würde mir jetzt sicher Mut machen oder mich einfach nur in den Arm nehmen.

Das ist von einem harten Hotelbett eher nicht zu erwarten.

Ich schalte den Fernseher an und suche parallel nach neuen Hinweisen zur Klimakonferenz im Internet, auch wenn mir im Grunde klar ist, dass ich nicht noch einmal so einen Zufallstreffer landen werde.

Und wenn, was hätte ich davon?

Ich würde Anna jetzt viel lieber anrufen, ihre Stimme hören oder wenigstens eine SMS oder Mail von ihr lesen, aber die einzige Verbindung zu der Einöde in Grönland besteht aus Schlittenhunden.

Und die sind der Digitalisierung bisher erfolgreich ausgewichen.

Wahrscheinlich ist das besser so, doch es löst mein Problem nicht.

In meiner Verzweiflung öffne ich die IKEA-Homepage und will mit *Anna von IKEA* chatten, schließlich hat das früher auch immer geholfen.

Jedenfalls ist die virtuelle Anna besser als gar keine.

Ich suche Anna auf der Homepage rechts oben, kann sie nicht finden, suche sie links oben und weil ich rechts und links gerne verwechsle, suche ich sie noch mal rechts oben, doch ich kann sie immer noch nicht finden.

Also gebe ich in das Suchfenster *Anna* ein, doch als Antwort erhalte ich nur folgende Meldung: *Die Suche nach dem Begriff* Anna *war erfolglos.*

Montag, 11. Dezember

Warum muss die Woche immer mit dem Schlimmstmöglichen starten? Dem Montagmorgen. Und Glatteis. Die Autos fahren Pirouetten mit starken Abzügen in der B-Note. Doch ich bin schlau und fahre Straßenbahn, denn die hat konstruktionsbedingt überhaupt keine Probleme mit Glatteis. Allerdings kann sie auch schlecht ausweichen und so kracht ein nagelneuer BMW ohne Winterreifen in unsere Frontseite. Beim Unfall selbst gibt es zwar keine Verletzten, aber auf dem Weg ins Büro werden bestimmt einige Beinbrüche zu verzeichnen sein.

Als ich gegen 9 Uhr endlich ins Büro schlittere, erwarte ich, Kemal dort anzutreffen. Bestimmt hat er eine Standleitung zu Langnese eingerichtet, um ständig über die Verkaufszahlen informiert zu werden.

Stattdessen ist er nirgends zu sehen und es liegt nur ein Zettel auf meinem Schreibtisch. *Bin unterwegs zu alle türkische Supermärkte in Gegend, damit sie bestelle Dönersuppe.*

Wenigstens gibt Kemal nicht auf.

Ich muss wieder an gestern Abend denken, als ich erschüttert festgestellt habe, dass IKEA seine virtuelle

Assistentin Anna einfach abgeschafft hat und stattdessen eine Suchfunktion anbietet, die genauso nichtssagend und nichtsfindend ist wie bei allen anderen Anbietern.

Meinen Geschirrspüler *Renlig* gibt es auch nicht mehr, denselben Namen trägt jetzt eine Waschmaschine.

Wenn die Strategie dahinter ist, die Kunden zu verwirren, funktioniert sie hervorragend.

Kaum ist ein Produkt kein Megaseller, fliegt es schon aus dem Sortiment. Früher war Geduld noch ein echter Wert, heute scheint Hektik an dessen Stelle getreten zu sein.

Dummerweise machen Kemal und ich genau das gleiche. Anstatt ein Produkt vernünftig zu entwickeln, ändern wir es in letzter Sekunde und geben ihm nicht mal eine Woche Zeit, zum Erfolg zu werden.

Ich hätte Kemal schon viel früher stoppen müssen, anstatt jede seiner neuen Ideen einfach kritiklos umzusetzen.

Doch jetzt ist es zu spät, um das zu ändern.

Wir können nur noch alles dafür tun, dass die Dönersuppe zum Erfolg wird. Ich nehme mir Kemal zum Vorbild, schalte den Laptop aus, auf dem ich schon wieder ständig nach Hinweisen auf die Konferenz in Grönland gesucht habe, packe ein paar Dönersuppen ein und klappere die Supermärkte ab.

Als ich am Abend wieder ins Büro komme, habe ich außer abgelaufenen Sohlen nichts erreicht. Wenn ich mit den Besitzern oder Einkäufern reden durfte, dann nur, weil sie wissen wollten, wer diesen durchgeknallten Fernsehspot zu verantworten hatte, aber nicht, um Dönersuppe zu kaufen.

Wenigstens brennt in Kemals Büro noch Licht, also gehe ich zu ihm. »Und, wie lief es?«, frage ich.

»Dönersuppe verkaufe wie geschnittene Brot«, antwortet er. »Aber halt an Person wo allergisch gege Getreide.«

»In den Supermärkten oder bei Langnese?«

»Beide«, antwortet er. »Langnase hat heute nix Bestellung bekommen und türkische Supermärkte meine, ich mache kaputt türkische Tradition.«

Ich schließe die Augen. »Vielleicht braucht das Produkt noch Zeit.«

»Ich keine Zeit habe, ich so pleite, wie griechische Staat, Schlecker und Boris Becker zusamme.«

»Boris Becker sagt, er ist nicht pleite. Er kann nur seine Rechnungen nicht mehr bezahlen.«

»Und Löhne auch nicht?«

Kemal schaut mich mit diesem Blick an, der mir verrät, dass ich dringend mal meinen Kontoauszug checken sollte.

Anschließend trotte ich durch die Ludwigshafener Innenstadt, in der jetzt selbst die Ein-Euro-Läden mangels Umsatz dichtgemacht haben, zu meinem Hotel. Wie immer laufe ich schneller, als ich an der Sparkasse vorbeikomme. Trotzdem riskiere ich einen Blick durch das Schaufenster, sehe einen ziemlich rotköpfigen Mann, der gerade einen Wutanfall hat und weiß, dass sich dort nichts geändert hat. Osram-Huber eben.

Damit er mich nicht sieht, gehe ich hastig weiter, komme in mein Hotel und rufe nach ein paar erfolglosen Suchen nach Anna und Viggo im Internet das Onlinebanking auf. Zu meinem Erstaunen stelle ich fest, dass Kemal mir den Novemberlohn letzte Woche noch überwiesen hat. In dem Moment tut er mir leid. Er hat alles in seinen Traum investiert, war immer ehrlich zu mir, hatte ein paar tolle Ideen – und ein paar weniger tolle – und jetzt steht er vor der Pleite. Das kenne ich selbst noch gut genug und mache meinerseits eine Überweisung für ihn.

Ich klappe den Laptop zu und dann vermisse ich wieder Anna.

Weil ich gerade genug von dieser schnelllebigen Welt habe, schreibe ich ihr einen Brief.

Liebe Anna,

ich vermisse Dich wie Romeo seine Julia,
wie die Anopheles-Mücke die Malaria,
wie ein Raucher auf Entwöhnung seine letzte Kippe,
wie ein Skelett seine liebste Rippe,
wie ein Verdurstender in der Wüste einen Schluck Wasser,
wie ein kalter Motor den Anlasser.

Ich vermisse Dich wie die Deutsche Bahn die Pünktlichkeit,
wie ein hungriger Beamter die Hauptmahlzeit,
wie Schalke 04 den Deutschen Meistertitel,
wie ein Schriftsteller das Schlusskapitel,
wie Silvio Berlusconi Bunga-Bunga,
wie die Gulaschsuppe den Ungar.

Ja, ich vermisse Dich wie ein Seemann die See,
wie Erich Honecker die Volksarmee,
wie eine Bisamratte den Schachtelhalm,
wie ein Eidgenosse den Schweizerpsalm,
wie ein Mafiaboss seinen Mann für die besonderen Fälle,
und wie ein Balljunge nach dem Elfmeterschießen der
Engländer die Bälle.

Denn ich bin hier und du bist dort.
Das heißt, mindestens einer von uns ist am falschen Ort.

Dienstag, 12. Dezember

Da mir über Nacht leichte Zweifel an meinem Brief gekommen sind, lese ich ihn mir am nächsten Morgen noch einmal durch. Ich muss ein paarmal lachen, was entweder beweist, dass ich ein schlechtes Gedächtnis habe oder das der Brief wirklich lustig ist oder zumindest nach meinem Geschmack. Ich male ein Herz darunter, adressiere den Brief an das Sekretariat der Weltklimakonferenz zur Weiterverteilung an Anna und gehe samt Rucksack mit meinem Laptop zum nächsten Briefkasten, in der Nähe meines Hotels in der Ludwigshafener Innenstadt.

Anna wird über das Gedicht schmunzeln und genau deswegen liebe ich sie.

Ich schiebe den Brief in den Schlitz, doch irgendetwas hält mich davon ab, ihn loszulassen.

Vielleicht hat Anna von Viggo die ganze Woche total romantische Liebesbeteuerungen gehört, die er zwar zuvor aus dem Internet abgeschrieben hat, aber das kann sie in der Einöde ja nicht nachprüfen. Und jetzt haben sich ihre Erwartungen an mich in Richtung unaufrichtiger, aber tollklingender Schmalz verschoben.

Doch das wäre nicht Anna, denn dann wären wir gar nicht erst zusammen gekommen.

Andererseits wäre ein bisschen Romantik von meiner Seite vielleicht nicht schlecht. Ich will den Brief gerade wieder rausziehen, als ich hinter mir eine Oma, samt Gehstock, bemerke. »Sagen Sie mal, klauen Sie da Post aus dem Briefkasten?«

»Nein, nein«, sage ich schnell und ziehe den Brief aus dem Schlitz. »Das ist ein Brief an meine Freundin und ich war unsicher, ob ich den einwerfen soll.«

»Geben Sie mal her!«

Ich blicke sie irritiert an, aber reiche ihr den Brief. Vielleicht kann sie mir ja mit ihrer Lebenserfahrung sagen, was ich tun soll.

»Der ist an die Weltklimakonferenz adressiert!«, ruft sie. Auch wenn sie alt ist, ihre Augen sind anscheinend noch ganz gut. »Sie klauen Briefe!« Sie geht an den Briefkasten und will mein Gedicht wieder einwerfen.

»Halt!«, rufe ich und greife ihren Arm.

Im nächsten Moment landet ihr Gehstock auf meinem Kopf und ich muss feststellen, dass die Omi für ihr Alter noch ziemlich viel Kraft hat. Ich halte den Rucksack schützend vor mich und sie wirft den Brief in den Kasten.

Ich seufze und hoffe, dass Anna sich wirklich nicht geändert hat.

Währenddessen holt die Oma ihr Handy heraus. »So, jetzt rufe ich die Polizei!«

Irgendwie fand ich die Zeiten noch besser, als die Rentner von dem ganzen neumodischen Schnickschnack nichts wissen wollten.

»Ich hab doch gar nichts getan!«, sage ich.

»Sie haben eine arme, alte, gebrechliche Frau angegriffen und nur weil ich regelmäßig Zirkeltraining mache, konnte ich mich wehren. Außerdem haben Sie Briefe gestohlen! Ich hoffe, man sperrt Sie ein und Sie kommen nie wieder raus!«

»Jetzt mal halblang«, sage ich und blicke mich um, ob irgendwelche Zeugen den Vorgang beobachtet haben, aber wie immer ist die Ludwigshafener Innenstadt total ausgestorben. Die Omi kommt wedelnd mit ihrem Stock auf mich zu und ich gehe ein paar Schritte zurück.

»Haltet den Dieb!«, ruft sie.

Instinktiv fange ich an zu rennen.

Wenigstens kann ich die Oma abhängen und da es hier keine Passanten gibt, oder zumindest keine mit Zivilcourage, reagiert auch niemand auf ihr Rufen.

Erschöpft setze ich mich in die Straßenbahn. Irgendwie ist seit dieser blöden Adventskalendergeschichte der Wurm drin, als ob sich gleich mehrere Pechvögel und Unglücksraben darüber streiten würden, wer mich ins Verderben stürzen darf.

Nicht auszudenken, was bei solchen Vorzeichen in dieser Woche in Grönland alles schon geschehen ist oder vielleicht noch geschieht.

Schließlich hätte ich vor einer Woche auch nicht gedacht, dass sich mein Job in höchster Lebensgefahr befindet, genaugenommen schon auf der Intensivstation liegt, nur ratlose Ärzte und nicht mal Dr. House kann helfen.

Und ich bin auch mit meinem Latein am Ende. Was vielleicht daran liegt, dass ich das in der Schule nie gelernt habe.

Schwedisch kann ich zwar inzwischen ein bisschen, aber das nützt mir jetzt auch nichts.

Sondern erst morgen, wenn ich zurück in meine neue Heimat fliege.

Als ich in Kemals Büro ankomme, bin ich überrascht, dass er nicht völlig desillusioniert vor seinem Schreibtisch sitzt, sondern mit einem Lächeln im Gesicht. »Ich hatte Idee heute Nacht«, sagt er. »Wir müsse erzähle Leute, das Döner gesündeste Esse wo gibt.«

»Was? Döner hat über siebenhundert Kalorien!«

»Wenn du abziehst, was während Esse aus Döner fällt, sind noch maximal hundertfünfzig Kalorie.«

»Und was hilft uns das jetzt bei der Dönersuppe? Willst du ein Loch in die Verpackung machen?«

»Wenn gesund, Leute kaufe alles!«

»Ja, nur wollen wir keinen Müsliriegel verkaufen, sondern Dönersuppe. Das glaubt uns niemand, dass das gesund ist.«

»Dann wir sage, mache potent. Besser als Viagra.«

»Man darf in Deutschland nicht einfach in der Werbung die Unwahrheit behaupten«, widerspreche ich.

»Und was ist mit Red Bull verleihe Flügel?« Kemal blickt mich herausfordernd an. »Obwohl Millione Leute trinken, ich noch nix gesehen Engel hier auf Erde.«

»Das ist nur eine Anspielung. Das ist erlaubt. Sie behaupten ja nicht, dass dir Flügel wachsen, wenn du das Zeugs trinkst.«

»Aber das woanders was wachse«, sagt er. »Das wir könne auch: Wenn du esse Dönereis, wird selbst deine Oma heiß.«

»Wir verkaufen Suppe!«

»Wenn du esse Dönersuppe, mache glücklich jede Puppe!«

»Willst du die Dönersuppe nur an vierzehnjährige Mario-Barth-Fans verkaufen?«

»Das wäre zumindest mehr als bisher habe gekauft.« Kemal reibt sich die Stirn. »Oder ich hab noch anderes Idee. Wir mache in edel: Candle-Light-Döner.«

»Und wo willst du das Geld für einen neuen Werbespot hernehmen?«

Kemal blickt resigniert auf seine Tischplatte. »Aufgeben ist doch auch nix Lösung.«

»Aber es ist auch keine Lösung, ständig die Strategie zu ändern.«

»Aber ist keine Bestellung gekomme. Solle wir warte bis Schiff untergehe und nix tue?«

Ich seufze. »Mit Nichtstun wären wir jedenfalls erfolgreicher gewesen als mit dem Dönersuppeneis.«

»Und was wir jetzt mache?«

Ich seufze erneut. Eigentlich wollte ich das nicht tun, aber ich sehe keine andere Möglichkeit. »Wenn du erledigt bist, dann kommen die Aasgeier. Vielleicht ist es besser, sie anzulocken, solange man noch lebt.«

Kemal schaut mich an, als hätte ich in Rätseln gesprochen.

Hab ich ja irgendwie auch.

Dann nehme ich mein Handy und tue, was zu tun ist.

Jetzt bleibt mir nur noch, auf den morgigen Tag zu hoffen.

Mittwoch, 13. Dezember, Luciafest

Beim Auschecken aus dem Hotel muss ich feststellen, dass Kemal diese Rechnung nicht mehr bezahlt hat. Vielleicht hat es auch Frau Weber vergessen, da sie immer noch in Kuba auf Liebesurlaub ist, wahrscheinlich hat sie aber davon nichts mitbekommen, wie auch von der aktuellen Krise.

Auch wenn es bei mir auf dem Konto nun etwas knapp wird, strecke ich das Geld vor. Schließlich kann das Hotel nichts für das Dönersuppeneisdebakel.

Obwohl ich am Mittag schon zurück nach Schweden fliege, fahre ich noch mal ins Büro. Kaum sitze ich in der Straßenbahn, klingelt schon mein Handy. »Komm schnell«, ruft Kemal. »Bild-Zeitung stehe vor Tür.«

»Das ging aber fix«, antworte ich.

»Du ware das?«

Ich nicke. »Ich dachte, ein bisschen kostenlose PR kann uns nicht schaden. Ich hab ihnen ein Leservideo mit den Making-of-Aufnahmen unseres Werbespots gesendet und behauptet, die Schauspielerin sehe aus wie Daniela Katzenberger.«

»Ich denke, sie ist nur Terminatorin?«

»Imitatorin«, sage ich. »Aber da die Bild-Zeitung selbst den größten Scheiß glaubt, solange er in eine Schlagzeile passt und grundsätzlich keine Gerüchte überprüft, dachte ich, das kann doch auch mal zum Vorteil von jemandem sein.«

»Dann du komm schnell, damit ich mich nix verplappere.«

Fünf Minuten später stehe ich in Kemals Büro. Der Bild-Zeitungsreporter sieht aus wie ein Landstreicher, den man in einen Maßanzug gepackt hat. Er benimmt sich auch als sei er ein Landstreicher, allerdings einer, der seine guten Manieren vergessen hat.

Oder wie sonst ist zu erklären, dass er aufs Frauenklo geht, dort einen Bob in die Bahn setzt, das Ganze aber nicht herunterspült, sondern fotografiert, zusammen mit einem Klospruch, den er vorher selbst mit Edding auf die Kacheln gemalt hat: *Für die einen ist es Klopapier, für die anderen die längste Serviette der Welt.*

Anschließend macht er ein Foto mit Kemal und mir, bei dem wir ihm die Dönersuppe servieren. Der Reporter probiert nur zwei Löffel, meint sie schmecke hervorragend und das gäbe morgen einen ganz tollen Bericht. Dann verschwindet er so schnell, wie er gekommen ist.

»Hat er sich mit dir unterhalten?«, frage ich Kemal.

Er schüttelt den Kopf. »Der wollte nur wissen, ob die Katzeberger ist da.«

»Dann hoffen wir mal, dass die Zeitung morgen wirklich einen Bericht bringt.«

Mit einem dieser vorgefertigten Webbaukästen, mit denen selbst Affen oder sogar CEOs eine Homepage basteln können, baue ich eine Internetseite für die Dönersuppe und dann fährt mich Kemal zum Frankfurter Flughafen. Er hat seinen rostigen Transit mit Kühlboxen voller Dönersuppe beladen und will in Frankfurt noch ein paar Supermärkte abklappern, weil man dort viel weltmännischer und offener sei, als in der Pfalz.

Selbst wenn das stimmt, weiß ich nicht, ob das ausreicht, damit irgendjemand die Dönersuppe bestellt. Kemal hat sogar eine kleine Mikrowelle mitgenommen, damit die Besitzer die Suppe direkt probieren können.

Am Flughafen verabschiede ich mich von Kemal und hoffe inständig, dass ich immer noch sein Mitarbeiter bin, wenn wir uns das nächste Mal treffen.

Das einzig Gute ist, dass ich Anna heute Abend wiedersehe, jedenfalls meinte sie beim Abflug, ich müsse unbedingt heute zurückkommen. Die Klimakonferenz hat gestern geendet, mit der üblichen unverbindlichen Erklärung.

Bei wirklich wichtigen Sachen wie dem Klimawandel reicht anscheinend Unverbindlichkeit, während sich Kemal bei Unwichtigem wie der Werbung oder der Produktion sofort binden musste.

Aber so ist es eben, oben gibt es immer Ausnahmen, während unten Konsequenz vorgelebt wird. Denn wäre Kemal Industries ein großer Nahrungsmittelkonzern, den das hochbezahlte Management mit noch viel schlimmeren Ideen als dem Dönereis in die Pleite manövriert hätte, stünde bestimmt schon der Staat bereit, um die Managementabfindungen und ein paar Arbeitsplätze zu retten.

Desilusioniert trotte ich am Flughafen zu meinem Gate, steige in den Flieger und erwache erst aus meiner Lethargie, als ein Pilot durch die Reihen läuft und jeden Fluggast persönlich begrüßt.

»Herr Enders?!«, rufe ich aus einer Mischung aus Überraschung und Schock.

Er dreht sich um und lächelt mich an, wobei sein rechtes Augenlid zuckt.

Irgendwie keimt in mir der Verdacht, dass meine Pechsträhne heute und hier nicht endet.

***

Schließlich gelingt es mir, mich damit zu beruhigen, dass der Flug bestimmt wieder ausfällt. Ich schaue im Internet gerade nach Ersatzflügen, als wir an die Landebahn rollen und die Stewardess mich darauf aufmerksam macht, dass mein Handy wohl kaum im Flugmodus sei.

Als ich das Handy ausschalte, höre ich, wie sie zu ihrer Kollegin sagt, dass es mit diesen Handysüchtigen immer schlimmer werde.

Ich will ihr gerade erklären, dass ich vor einem Jahr noch nicht einmal ein Handy besessen habe, als ich vom startenden Flugzeug in den Sitz gedrückt werde.

Kaum sind wir in der Luft, begrüßt uns der Kapitän aka Flugpanikpassagier Ehlers zu seinem Jungfernflug und obwohl ich mich wirklich bemühe, kann ich nicht hören, dass er lallt.

Vielleicht hat er sich tatsächlich geändert, hat es geschafft, seinen Traum zu verwirklichen und ist jetzt Pilot.

Zwar erst nach einigen Anläufen, doch am Ende ist das viel mehr wert, als wäre man so vollgestopft mit Talenten oder Geld, dass alles von allein geht.

Als mir das klar wird, ist auf einmal alle Angst verflogen.

Bis mir aufgeht, dass Viggo es hoffentlich nicht auch nach mehreren Anläufen schafft, Anna für sich zu gewinnen.

Ich muss wieder daran denken, wie ich sie im Fernsehen gesehen habe, steigere mich da immer mehr rein und bin bei der Landung angespannt wie ein Gummi-Expander, der ein startendes Formel-1-Auto aufhalten soll.

Laut Flugplan kommen Anna und Viggo erst zwei Stunden nach mir in Göteborg an. Eigentlich wäre es nett zu warten, aber weil ich den Anblick nicht ertragen könnte, wie beide engumschlungen im Ankunftsbereich ankommen, fahre ich mit dem Bus nach Hause. Natürlich liegt schon wieder fast ein Meter Schnee, wahrscheinlich würde man sich in Schweden mal über nichtweiße Weihnachten freuen.

Unterwegs wundere ich mich, warum überall auf den Straßen Lichter zu sehen sind, aber weil das meine erste Vorweihnachtszeit in Schweden ist, vermute ich, dass man damit versucht, diese verdammte Kälte zu kompensieren.

Wobei diese modernen und umweltschonenden LED-Lampen ja nicht mal ordentlich Wärme abgeben.

Als ich daheim ankomme, steht vor der Tür ein festgefrorener Karton mit Dönereis von Kemal. Ich packe den Inhalt in die Gefriertruhe und als das erledigt ist, bricht die Einsamkeit so richtig über mich hinein.

Um mich abzulenken, schalte ich den Computer ein und registriere überrascht, dass unser Bed & Breakfast zum ersten Mal gebucht wurde, gleich ab morgen für fünf Nächte. Irgendwie kann ich mich gar nicht darüber freuen, sondern muss ständig an Anna denken. Ich verfluche mich, dass ich nicht am Flughafen auf sie gewartet habe. Ich bin davon gelaufen wie ein *Ynkrygg!*

Keine Ahnung, warum die Schweden so ein kompliziertes Wort für einen simplen Angsthasen erfunden haben, aber ich finde, das klingt ziemlich nach einem vereinsamten Elchmilchbauern, der beschlossen hat, dass alle Menschen doof sind und sich daher eine Menge Ärger erspart – aber auch eine Menge Spaß. Und so wie dieser Elchmilcheinsiedler will ich auf keinen Fall enden.

Kurz entschlossen miete ich einen Carsharing-Smart und düse zum Flughafen. Ich komme gerade rechtzeitig in die Ankunftshalle und sehe, wie die ersten Fluggäste aus Grönland eintreffen. Sie sind unschwer daran zu erkennen, dass sie sich nach einer Woche Internetentzug kaum von ihrem Smartphone lösen können und wie Lemminge hintereinanderher trappeln.

Ich muss daran denken, dass ich mich in der letzten Woche auch nicht anders verhalten habe und bekomme sofort wieder Angst, dass Anna und Viggo Hand in Hand aus der Zollabfertigung kommen.

Dann endlich sehe ich Anna, sie schiebt ihren Koffer, neben ihr Viggo, der seinen riesigen Rucksack so lässig geschultert hat, als wäre da nur Luftpolsterfolie drinnen. Ich habe extra ein Papierschild gebastelt, auf dem groß *Anna* steht, zusammen mit einem roten Herzchen. Nach dem Motto, wenn schon Untergang, dann Volltreffer, versenkt.

Im nächsten Moment erblickt Anna mich, lässt den Koffer stehen, rennt auf mich zu, umarmt mich und gibt mir einen Kuss, der alles in mir explodieren lässt.

Mit Mühe und Not kann ich mich zurückhalten, die Becker-Faust zu machen. Im Augenwinkel sehe ich, wie Viggo den stehengelassenen Koffer mit einer harschen Bewegung nimmt und auf uns zukommt.

Noch ganz hin und weg von dem Kuss begrüße ich ihn freudestrahlend, während er mich anblickt, wie einen Pickel, den er dringend ausdrücken muss.

»Und, wie war es?«, frage ich Anna, die sofort erzählt, was sie auf der Konferenz alles versucht hat, um die Politiker zu überzeugen, aber nicht das, was mich wirklich interessiert.

»Und bei dir?«, frage ich Viggo.

»Gut«, sagt er und blickt Anna an. »Wir haben uns super verstanden, oder?«

Sie nickt und meine Euphorie wird abrupt gestoppt.

»Wo ist dein Gepäck?«, fragt mich Anna.

»Ich war schon daheim und hab einen Smart gemietet, um dich abzuholen.«

Sie strahlt, doch nur einen kurzen Moment. »Und was ist mit Viggo?«

Die Frage hab ich mir natürlich auch schon gestellt, schließlich habe ich einen Smart gemietet und keinen Rolls Royce. »Den hab ich glatt vergessen«, antworte ich und tue total überrascht. »Und im Smart ist leider nur Platz für zwei.«

Viggo blickt mich an, als habe er gerade einen neuen Todfeind gefunden und ich muss daran denken, dass mich vorgestern sogar eine Omi vermöbelt hat. Jedenfalls gibt mir ein Blick in Viggos aggressiv funkelnde Augen die absolute Gewissheit, dass er es immer noch auf Anna abgesehen hat und ich Gewürm ihm dabei nur unnötig im Weg stehe.

Gleichzeitig wird mir klar, dass Viggo bei Anna bisher nicht zum Schuss gekommen ist, denn sonst würde er viel entspannter mit der Situation umgehen. Das zaubert mir ein gewaltiges Lächeln aufs Gesicht, was Viggo nur noch wütender macht. Wäre das hier ein Comic, würde er jetzt wutschnaubend wie ein Bulle vor mir stehen und mit den Hufen scharren.

»Aber Viggo joggt die paar Kilometer doch sicher gerne nach Hause«, sage ich. »Sport ist nach so einem Langstreckenflug unglaublich wichtig, oder?«

Viggo nickt zerknirscht. »Dann will ich eure traute Zweisamkeit mal nicht weiter stören.« Er gibt Anna zum Abschied einen Kuss auf die Backe – was ich natürlich genauestens beobachte, reicht mir die Hand und drückt sie so fest zusammen, als habe er einen Schraubstock eingebaut. Dann zieht er mich näher zu sich und blickt mich wieder mit diesem Funkeln in den Augen an. »Da ist noch nicht das letzte Wort gesprochen«, flüstert er und lächelt siegesgewiss.

***

Unterwegs frage ich Anna, warum denn überall so viele Lichter zu sehen sind.

»Na, wegen des Luciafests«, antwortet sie.

»Hä?«, antworte ich. Anscheinend reicht den Schweden nicht mal Nikolaus, Heiliger Abend, erster Weihnachtsfeiertag, zweiter Weihnachtsfeiertag, Silvester, erster Advent, zweiter Advent, dritter Advent und vierter Advent, nein, sie brauchen noch einen weiteren Festtag im Dezember.

»Lucia ist die Lichterkönigin«, erklärt Anna. »Am 13. Dezember war vor Einführung des gregorianischen Kalenders die Wintersonnenwende. Weil wir der armen Lucia nicht einfach einen neuen Tag geben wollten, feiern wir das Fest immer noch am selben Datum wie damals.« Sie lächelt. »Das ist für uns wie vorgezogene kleine Weihnachten.«

»Aber dafür gibt es doch schon den Nikolaustag.«

»Wir Schweden brauchen halt immer einen Grund um ausgelassen zu sein«, sagt sie. »Da sind wir euch Deutschen recht ähnlich, oder?«

Ich nicke und obwohl es mal wieder nordpolkalt ist, widerspreche ich nicht, als Anna vorschlägt, direkt auf den Göteborger Weihnachtsmarkt zu fahren. »Wir müssen dort unbedingt das Luciafest zusammen feiern und mit Glögg anstoßen, dem schwedischen Glühwein«, sagt sie und ihre Augen strahlen vor Begeisterung. »Und wir müssen Lussekatt essen.«

»Was ist das denn?«

»Ein traditionelles Gebäck mit Safran gewürzt, sehr lecker.«

Irgendwie schaffen wir es sogar, einen Parkplatz in Nähe des Marktes zu bekommen, was eher der Größe des Smarts als meinen Einparkkünsten geschuldet ist, aber ich nehme das als Zeichen, dass meine Pechsträhne jetzt endgültig zu Ende ist.

Beim ersten Glögg, der im Gegensatz zum wirklich leckeren Lussekatt irgendwie merkwürdig schmeckt, erzählt Anna, mit welchen Politikern sie alles geredet hätten und als ich mir kaum mehr einen Namen merken kann, frage ich Anna, ob sie denn meinen Brief bekommen hat.

Sie schüttelt den Kopf. »Was stand denn drinnen?«

»Och, nur dass ich dich vermisst habe.«

Sie lächelt, doch dann erzählt sie gleich wieder von der Konferenz. »Ich hätte nie gedacht, dass Viggo sich so verändert hat.«

Irgendwie wirkt Anna nicht ganz so herzlich und vertraut wie sonst. Liegt es daran, dass sie eine ganze Woche lang die harte Umweltschützerin hat spielen müssen oder liegt es an mir? Oder an Viggo. »Und du hast mich nicht vermisst?«, frage ich.

»Doch natürlich«, sagt sie. »Aber die Konferenz hat mich ziemlich abgelenkt und Viggo hat sich gut um mich gekümmert.«

»Inwiefern?«

Anna blickt mich überrascht an. »Spüre ich da etwa Eifersucht?«

»So ein bisschen«, antworte ich, dabei werde ich davon fast zerfressen.

»Dafür gibt es keinen Grund«, sagt sie. »Viggo und ich sind einfach nur gute Freunde.«

Ich erinnere mich gut, wie ich jahrelang über die Freundschaftsschiene versucht habe, Frauen auf mich aufmerksam zu machen, was bei Anna zum ersten Mal geklappt hat.

Weil ich das Thema nicht weiter vertiefen will, bestelle ich den zweiten Glögg und wir stoßen an. »Der schmeckt schon ziemlich anders als Glühwein, oder?«, frage ich.

»Das mag sein, aber das ist der beste Glögg der Stadt.«

Ich nehme noch mal einen Schluck. Vielleicht hat das ganze Dönereis ja meinen Geschmackssinn beeinträchtigt. »Er schmeckt irgendwie läppisch«, sage ich.

Plötzlich muss Anna lachen. »Der ist ohne Alkohol.«

»Ihr trinkt Glühwein ohne Alkohol?« Ehrlich gesagt war die wärmende Wirkung des Alkohols für mich immer der einzige Grund, sich die Beine auf einem arschkalten Weihnachtsmarkt in den Bauch zu stehen.

»In Schweden darf Alkohol nicht auf der Straße verkauft werden«, sagt Anna. »Weißt du, sonst könnten wir ja Spaß haben.«

Ich muss lachen und dann ist sie wieder da, diese Vertrautheit mit Anna.

Als wir eine Stunde später immer noch auf dem Weihnachtsmarkt stehen, uns mit dem vierten alkoholfreien Glühwein zuprosten, tatsächlich Spaß haben und Anna mir einen langen Kuss gibt, da vergesse ich doch glatt das Dönersuppeneisdebakel, sowie den mit den Hufen scharrenden Viggo.

Einen kurzen Moment lang denke ich sogar, dass jetzt alles gut werden wird.

Donnerstag, 14. Dezember

Noch im Bett packe ich zusammen mit Anna meine Adventskalendergeschenke der letzten sechs Tage aus.

Während sie nur ein Gedicht zu lesen hat, weil sie die anderen ja nach Grönland mitgenommen hatte, bekomme ich einen selbstgestrickten Schal, selbstgestrickte Socken, eine selbstgestrickte Mütze, selbstgestrickte fingerfreie Handschuhe, einen selbstgestrickten Pullover und einen selbstgestrickten Schlips.

»In Schweden finden wir es lustig, wenn man total beschissene Klamotten anhat«, sagt Anna und ich muss feststellen, dass nicht nur wir Deutschen einen manchmal merkwürdigen Humor haben. Trotzdem lache ich, einfach aus Erleichterung, weil es die Sachen dann schon mal nicht zu Weihnachten gibt.

Nach dem Duschen ziehe ich die Wollsachen an und obwohl mir alles perfekt passt, sehe ich aus wie ein Handelsvertreter für eine Stricknudel. Vor allem über den selbstgestrickten Elch auf dem selbstgestrickten Schlips kann man sicher diskutieren, andererseits ist mir bei den Temperaturen alles recht, was Wärme gibt.

Außerdem mache ich heute Homeoffice und da ist es ziemlich egal, wie ich aussehe.

Als Anna gegangen ist, lasse ich sogar die Mütze und die fingerfreien Handschuhe an, denn je wärmer ich angezogen bin, desto niedriger kann ich die Heizung stellen.

Ich setze mich an den Rechner und bewundere gerade die geniale Erfindung der fingerlosen Handschuhe, als mein Handy klingelt.

Es ist Kemal. Auf einmal bin ich total sicher, dass er gute Nachrichten hat und nehme freudestrahlend das Gespräch an.

»Bild-Zeitung hat dich heute auf Titelseite gebracht.«

»Super!«, sage ich, dann erst fällt mir auf, dass Kemal nicht von der Dönersuppe gesprochen hat, sondern von mir.

»Wenn schon immer war deine Ziel, dass alle glaube, du beklaue arme Oma, dann ist super«, sagt Kemal. »Ansonsten ist ziemlich beschisse.«

»Was?«, rufe ich und öffne die Startseite der Bild-Zeitung auf meinem Laptop. Als ich die Schlagzeile sehe, stehe ich kurz vor dem Schlaganfall, was wahrscheinlich erklärt, warum das Ding nicht einfach Hauptnachrichtenzeile heißt, außerdem kann man damit ja niemanden erschlagen.

Jedenfalls scheint jeder der Großbuchstaben auf mich einzuprügeln: *Dönersuppendepp beklaut Oma!*

»Wenigstens habe sie Dönersuppe erwähnt«, sagt Kemal. »Aber ich glaube trotzdem nicht, dass gute Werbung für uns.«

»Ich hab niemanden beklaut!«, rufe ich, doch natürlich hört mich niemand, schon gar nicht in der Bild-Zeitungsredaktion.

Als sich mein erster Schock gelegt hat, lese ich den Fließtext. *Anscheinend scheint sich die so massiv wie auf unterstem Niveau beworbene Dönersuppe nicht gut zu verkaufen. Wie sonst ist zu erklären, dass Geschäftsführer Matthias Käfer heimlich alte Omis beklaut?*

Darunter ist auf einem offensichtlich mit einem Handy geschossenen Foto zu sehen, wie ich mich rennend umblicke, mit einem Rucksack in der Hand. *Mein* Rucksack, in dem sich *mein* Laptop befindet, aber das wird niemanden interessieren.

Nur dank dem Leservideo der aufmerksamen Rentnerin Trude H. (Name der Redaktion bekannt) konnten wir Käfer entlarven, denn schon der Besuch in seiner Döner-suppenfabrik hatte uns misstrauisch gemacht.

Daneben ist jenes Foto des Frauenklos abgebildet, das der Reporter so schön gestellt hatte.

Käfer ist durch seine Dönersuppe bekannt geworden, die er mit seinem türkischen Geschäftspartner entwickelt hat und die sich Insidern zufolge eher mäßig verkauft.

»Wieso du Geschäftsführer?«, fragt Kemal.

»Weil Chef der Werbeabteilung nichts hergibt«, seufze ich.

»Und was ist unterstes Niveau?«

Ich vergrabe meinen Kopf unter meinen Händen. Ich weiß nicht, ob ich noch tiefer sinken kann, wenn ausgerechnet die Bild-Zeitung mir unterstes Niveau vorwirft.

»Unterstes Niveau ist der USP der Bild-Zeitung.«

»Gestern in Frankfurt ich hab drei Bestellunge klar gemacht«, sagt Kemal. »Aber heute Morge nach lese Bild-Zeitung habe alle drei storniert.«

»Das tut mir leid«, sage ich. »Ich ziehe mit dem Dönereis mal hier in Göteborg durch die Supermärkte, vielleicht kann ich ein paar verkaufen.«

***

Kann ich nicht, wie ich ein paar Stunden später feststelle. Denn obwohl die beliebteste Pizza in Schweden unverständlicherweise Dönerpizza ist, ist ein Deutscher, der ein türkisches Lebensmittel in Schweden verkaufen will, nicht gerade die ideale Besetzung.

Zumal wenn er in selbstgestrickten Sachen auftritt.

Wieder daheim rufe ich noch mal Kemal an, doch der hat immer noch keine Dönersuppe verkauft, dafür aber jede Menge Beschimpfungen sogenannter Wutbürger am Telefon ertragen müssen.

»Kann man da was mache mit falsche Artikel in Blöd-Zeitung?«, fragt Kemal.

»Klar kann man«, antworte ich. »Wir könnten mit viel Geld, das wir nicht haben, einen Medienanwalt engagieren, dem es vielleicht gelingt vor Gericht eine Gegendarstellung zu erstreiten, welche die Bild-Zeitung dann abdrucken muss, aber daneben schreibt, dass sie anderer Meinung ist. Bringt also nix.«

»In Türkei wir würde einfach verbiete Zeitung.«

»In der Türkei wären wir beide genau die gleichen machtlosen Loser, wie hier. Da würde niemand von oben für uns etwas tun.«

102

Kemal gibt mir recht und gerade als ich aufgelegt habe, klingelt es plötzlich an der Tür.

Hat es sich einer der Supermarktleiter anders überlegt und will nun doch eine Großbestellung Dönersuppe aufgeben?

Ich öffne die Tür und falle beinah in Ohnmacht. Vor mir stehen mein ehemaliger Chef Osram-Huber, seine Partnerin Heidemarie Schuster-Schäfer, und deren geschätzt achtjährige Tochter Annemarie, die im Gegensatz zu ihrer Mutter nicht überwiegend aus Muskeln und Anabolika, sondern aus Fett und schlechter Laune besteht. Jedenfalls zieht sie eine Schnute wie acht Jahre Regenwetter.

»Herr Käfer!«, ruft Osram-Huber.

»Matthias, mein Sexgott!«, ruft Anabolika-Heidemarie.

»Ich will nach Hause!«, ruft Annemarie.

»Ach du liebe Scheiße!«, rufe ich, was aber irgendwie in dem ganzen Geschreie untergeht.

»Wir haben hier gebucht, Flitterwochen«, sagt Osram-Huber und zeigt auf drei ziemlich große Koffer. »Inklusive Kinderbetreuung.«

»Kann ich mal Ihren Buchungsbeleg sehen?«, frage ich, denn ich habe noch Resthoffnung, dass die drei sich nur in der Adresse geirrt haben, oder noch besser, in der Stadt oder im Land.

»Buttersteak?«, fragt Huber.

»Nein, den Buchungsbeleg.«

»Bergwanderweg?«, fragt Huber wieder.

Anscheinend hört mein ehemaliger Vorgesetzter inzwischen schlecht. Kein Wunder, wenn man jahrelang die Angestellten anschreit, haben die eigenen Ohren irgendwann keinen Bock mehr, das ständig ertragen zu müssen und stellen den Dienst ein.

Ich nehme meinen Laptop, schaue nach, wer da gebucht hat und seufze erst mal eine Runde.

»Sind Sie eigentlich auf der Flucht vor der Presse?« Osram-Huber deutet auf die Bild-Zeitung, die aus einem seiner Koffer lugt. »Da wäre etwas weniger Auffälliges aber besser gewesen.«

Jetzt erst fällt mir auf, dass ich immer noch sämtliche Stricksachen anhabe.

»Flucht?«, fragt Anabolika-Heidemarie, während sie irgendwelche Nahrungsergänzungsmittel in sich reinschaufelt, die sie in einer Umhängetasche vor sich herträgt, wie eine Kuh den Trog. »Was hast du denn angestellt, mein Süßer?«

»Nichts«, antworte ich. »Und auf der Flucht eröffnet man wohl kaum ein Bed & Breakfast, oder? Darf ich Sie jetzt in Ihr Zimmer bitten?« Ich nehme einen der Koffer, der überraschend schwer ist, schleppe ihn in den ersten Stock und öffne die Tür zu dem heimeligen Gästezimmer.

»Mensch Käfer, warum ist es denn hier so kalt?«, fragt Huber.

»Weil ich die Heizung heruntergedreht und ganz vergessen habe, dass ihr heute kommt«, könnte ich jetzt antworten. Stattdessen entgegne ich: »Wer in Schweden Urlaub macht und sich über Kälte beschwert, hätte besser auf die Malediven fliegen sollen.«

»Würde ich sofort machen«, haucht Anabolika-Heidemarie. »Und zwar mit dir.«

Huber hat das anscheinend schon wieder nicht gehört, jedenfalls reagiert er nicht.

»Ich dreh mal die Heizung auf«, sage ich schnell.

»Wo sind die anderen beiden Koffer?«, fragt Huber. »Was ist denn das für ein Service hier?«

Kaum habe ich die beiden ebenso ultraschweren Koffer nach oben geschleppt, blinzelt mich Anabolika-Heidemarie an. »Soll ich dir helfen? Schweiß abtupfen? Ganzkörpermassage?« Sie beugt sich näher zu mir. »Natürlich mit Happy End.«

»Ihr seid in den Flitterwochen!«

»Wir führen eine halboffene Beziehung.« Sie deutet auf ihren ziemlich schwerhörigen Mann. »Für mich ist sie offen und er weiß nix davon.«

»Tja, ich bin in einer ganz geschlossenen Beziehung«, sage ich. »Da ist nicht mal Platz für einen Teddybären.«

»Was nicht ist, kann ja noch werden«, sagt Anabolika-Heidemarie und schlürft lasziv an einem Proteinshake.

»Ich hab Hunger!«, plärrt Annemarie.

»Was gibt es denn zum Abendessen?«, fragt Osram-Huber.

»Abendessen? Es heißt Bed & Breakfast?«

»Und was ist da drin?«, sagt Huber, der ab und an wohl doch was versteht. »Das englische Wörtchen *Fast*. Und was heißt das? Schnell. Also hopp, hopp, wenn Sie bei *Tripadvisor* nicht Null Sterne haben wollen, dann bringen Sie mal eine Schweinshaxe. Oder wollen Sie mich vor meiner frischangetrauten Frau blamieren?«

Erst will ich mich weigern, doch mit einer negativen Bewertung können wir unser Bed & Breakfast gleich dicht machen. Denn auf eine positive Bewertung haben wir keine Chance mehr, wenn wegen der negativen niemand mehr bucht. Also stelle ich drei Dönersuppen in die Mikrowelle, backe Kemals Fladenbrot auf, nehme drei Gläser mit Ayran und serviere sie auf dem kleinen Tisch im Gästezimmer. »Wir haben Dönerwochen«, sage ich.

»Ich will was Süßes!«, protestiert Annemarie.

»Kein Problem«, sage ich. »Zum Nachtisch gibt es ganz leckeres Eis.«

Für einen kleinen Moment lang zieht Annemarie keine Schnute, sondern wirkt zufrieden. Dann zeigt sie auf das Doppelbett. »Und wo schlafe ich?«

»Na, bei den Gastgebern«, antwortet Anabolika-Heidemarie. »Schließlich haben wir Flitterwochen.«

Freitag, 15. Dezember

Da ich nicht für die Erziehung von Annemarie zuständig bin, endete der gestrige Abend damit, dass sie friedlich auf der Couch vor dem Laptop einschlief, nachdem sie die halbe Nacht *World of Warcraft* gespielt hat.

Oben im Gästezimmer wurde auch irgendetwas gespielt, das ziemlich nach Streckbank klang, nur unterbrochen von Rufen von Anabolika-Heidemarie, die sich recht eindeutig nach *Schlappschwanz* anhörten.

Anna wiederum hatte mich gefragt, ob ich mit ihr und Viggo nicht noch in einer Bar Glögg mit Alkohol trinken wolle, was ich liebend gern getan hätte, jedenfalls ohne Viggo. Weil ich jedoch befürchtete, dass Annemarie unsere Wohnung kurz und klein schlägt, wenn sie in *World of Warcraft* von einem Zwerg abgeschossen wird, musste ich die beiden allein gehen lassen.

Angeheitert, aber wie ich nach genauer Untersuchung feststellte, ohne Knutschflecken kam Anna schließlich nach Hause, samt einem Halbliterpappbecher voller Glögg mit Alkohol, den sie mir extra mitgebracht hatte. Sie wunderte sich kurz über das schlafende Kind auf unserer Couch, meinte noch, ich könne offensichtlich gut mit Kindern umgehen und schlief dann selbst ein.

Jetzt ist Morgen und da ich aus diversen Gründen nicht selbst das Zimmer unserer Gäste betreten möchte, lasse ich den Spielzeugroboter auf einem Tablett das Frühstück zu ihnen bringen.

Dabei verzichte ich auf Dönereis, denn es kam gestern nur so mittelgut an, woraufhin Osram-Huber meinte, selbst wenn ab jetzt alles an dem Aufenthalt perfekt werden würde, seien nur noch maximal zwei Sterne bei *Tripadvisor* drinnen.

Er weiß eben immer noch, wie er mich demotivieren kann.

Trotzdem bekommen die beiden ein reichhaltiges schwedisches Frühstück, denn was wir in unserem Bed & Breakfast versprechen, halten wir auch.

Anabolika-Heidemarie meint zwar, sie würde nach dem Reinfall gestern nur hochdosierte Proteinnahrung zu sich nehmen, aber das ist ja ihr Problem, nicht meines.

Die kleine Annemarie ist auch schon wach, möchte allerdings lieber mit mir als mit ihrer Mutter frühstücken und gerade als ich ihr in der Küche ein Rührei brate und mich wundere, wohin denn der Glögg verschwunden ist, sehe ich, wie sie ihn auf ex leert.

»Das Gesöff schmeckt ja ultrageil«, sagt sie noch, dann kippt sie um.

Da ich sie nicht wieder aufwecken kann, stolpere ich hoch zu ihren Erziehungsberechtigten und obwohl das *Bitte-nicht-stören*-Schild vor der Tür hängt, stürme ich in das Zimmer.

Was eindeutig ein Fehler ist, denn so muss ich mitansehen, wie Huber nackt auf einer Rudermaschine sitzt und versucht, den virtuellen Ärmelkanal zu überqueren, angefeuert von Anabolika-Heidemaries umfangreicher Palette an Schimpfwörtern.

»Annemarie ist umgekippt!«, rufe ich.

»Und deswegen störst du uns hier?«, entgegnet Anabolika-Heidemarie. »Oder willst du mitmachen?«

»Sie hat einen halben Liter Glühwein getrunken!«

Anabolika-Heidemarie winkt ab. »Solange Annemarie nicht an den Schnaps geht, ist alles in Ordnung.«

»Es ist gar nichts in Ordnung, sie ist umgekippt!«

»Hol das Letzte aus dir raus, du Sau!«, ruft Anabolika-Heidemarie zu Osram-Huber und sagt dann zu mir: »Sie ist selbst für ihre Ernährung verantwortlich. Wenn sie es nicht verträgt, muss sie einfach nur damit aufhören.«

»Deine Tochter ist acht!«

»Wer hat ihr denn den Glühwein gegeben?«

Tja, ein schlüssiges Argument, jedenfalls wenn man berücksichtigt, dass Annemarie bewusstlos ist und davon nicht wieder wach wird, dass wir hier diskutieren. »Ich bring sie zum Arzt!«, sage ich und renne wieder nach unten.

»Sie hat aber keine Auslandskrankenversicherung«, ruft Heidemarie mir hinterher.

Ich bleibe stehen. »Mensch, Herr Huber, wollen Sie da nicht mal einschreiten?«

»Wieso, der Glühwein ist doch schon leer«, antwortet er keuchend. »Außerdem kämpfe ich gerade mit heftigem Südwestwind vor Calais!«

Ich packe Annemarie und trage sie zu meinem Hausarzt, der wie viele Schweden ganz gut Deutsch spricht.

Er nimmt sie sofort dran, untersucht sie kurz und haut ihr eine Spritze in den Oberschenkel.

Kurz darauf erwacht sie.

Er gibt ihr ein Stückchen Traubenzucker und streicht ihr über die Haare. »Sie hatte einen hypoglykämischen Schock«, sagt er.

Jetzt bin ich extra zu einem Arzt gegangen, der Deutsch spricht und verstehe doch kein Wort.

»Ich hab ihr Glukagon gespritzt.« Er legt Annemarie die Hand an die Stirn. »Sehen Sie, es geht ihr schon besser.«

»Und was hatte sie jetzt?«, frage ich.

»Sie war unterzuckert. Ich vermute, sie leidet an Diabetes. Wenn Sie nicht so schnell zu mir gekommen wären, dann würde sie wahrscheinlich nicht mehr leben.« Trotz dieser Worte blickt er mich vorwurfsvoll an. »Es ist unbedingt notwendig, dass Annemarie auf ihre Ernährung achtet. Das scheint mir bisher nicht der Fall gewesen zu sein.« Sein Blick wird so eindringlich, dass er mich fast durchbohrt.

»Das kann sein«, sage ich und zucke mit den Schultern.

»Ich wusste gar nicht, dass Sie eine Tochter haben?«

»Hab ich auch nicht«, antworte ich. »Sie ist die Tochter von Gästen aus unserem Bed & Breakfast.«

Der Arzt schüttelt den Kopf. »Und die hatten keine Zeit hierherzukommen?«

»Sind in den Flitterwochen.«

»Wie auch immer, ich gebe Ihnen eine Überweisung für das Universitätskrankenhaus, da sollte die Kleine sich sobald wie möglich untersuchen lassen.«

Ich nicke. »Was bekommen Sie von mir?«

»Nichts.« Er blickt mich noch einmal eindringlich an. »Nur das Versprechen, dass die kleine Annemarie sich untersuchen lässt.«

Ich gehe mit Annemarie zurück in unser Gästezimmer. Huber scheint vor der französischen Atlantikküste gestrandet, jedenfalls hängt er in den Seilen seiner Rudermaschine, während Anabolika-Heidemarie in einer Bravo-Girl blättert, die sie anscheinend ihrer Tochter geklaut hat.

»Annemarie hat Zucker«, sage ich.

Anabolika-Heidemarie blickt nicht mal von dem Magazin auf. »Ich würde eher sagen, sie hat Fett.«

Ich blicke zu Annemarie, sehe eine Träne in ihren Augen, doch sie sagt nichts. Ich lege ihr den Arm auf die Schulter. »Wir machen einen Ausflug, alle zusammen«, sage ich. »Ich bringe euch zur größten Sehenswürdigkeit Göteborgs.« Ich lächle. »Das ist total romantisch, perfekt für die Flitterwochen.«

***

Eine Stunde später habe ich die drei in der Universitätsklinik abgeliefert und den Arzt nebenbei darauf hingewiesen, dass Osram-Huber ein Hörgerät braucht und Heidemarie eine Anabolika-Entzugskur.

Erschöpft fahre ich mit der Straßenbahn nach Hause. Okay, die ersten Gäste sind sicher die schwierigsten, vor allem wenn es solche Gäste sind, aber irgendwie habe ich das Gefühl, dass wir uns mit dem Bed & Breakfast etwas zu viel zugemutet haben. Vielleicht sollte ich mich erst einmal auf meinen Job konzentrieren.

Es wird ohnehin höchste Zeit, dass ich mit dem Arbeiten anfange. Als Erstes werde ich mir überlegen, wie wir die Titanic namens Dönersuppe noch retten können.

Kaum bin ich online, klingelt auch schon mein Telefon. Es ist Kemal.

»Haben wir etwas verkauft?«, frage ich ihn.

»Es mir so tue leid«, antwortet Kemal. »Aber ich habe nix mal eine Euro mehr.« Er seufzt. »Ich verspreche bei meine Lebe, dass ich dich sofort wieder einstelle, wenn ich habe Geld, aber jetzt, ich muss dich entlasse.«

Mir ist es eingefallen, während ich Fahrrad fuhr.
Albert Einstein über die Relativitätstheorie

Samstag, 16. Dezember

Anscheinend hat der schwedische Arzt gestern den Osram-Hubers-Schuster-Schäfers ordentlich den Kopf gewaschen, jedenfalls ist am Morgen die Rudermaschine abgebaut und die drei sitzen friedlich zusammen beim Frühstück. Während Anabolika-Heidemarie genüsslich ein Rührei isst und Osram-Huber mit der Einstellung seines neuen Hörgeräts kämpft, blättert die kleine Annemarie in einem Ernährungscomic für Diabetiker. Dann erst sieht sie mich.

»Schau mal, ich bin jetzt ein Cyborg!«, sagt sie, umarmt mich und zeigt stolz auf ihre neue Insulinpumpe.

Anabolika-Heidemarie nickt mir dankbar zu. »Der Arzt meinte, ohne dich hätte Annemarie nicht überlebt.«

»Da haben Sie ausnahmsweise mal was gut gemacht«, sagt Osram-Huber. »Dafür werde ich bei der Bewertung bei *Tripadvisor* glatt einen halben Stern draufpacken.«

Weil dies das größte oder genaugenommen einzige Lob ist, das ich je von Huber erhalten habe, bedanke ich mich und gebe den dreien noch den Tipp auf dem

Göteborger Weihnachtsmarkt vorbeizuschauen und unbedingt den Glühwein zu probieren.

Da Wochenende ist, haben Anna und ich endlich mal wieder Zeit füreinander, also bringe ich ihr auch Frühstück ans Bett. Weil Anna gestern Abend erst spät heimkam und dann nur von Viggos Großzügigkeit erzählt hat und ich mir dagegen erbärmlich vorkam, hab ich ihr bisher nicht erzählt, dass ich den Job verloren habe. Vielleicht gibt es ja heute eine Gelegenheit dazu. »Auf was hast du heute Lust?«, frage ich.

»Viggo meinte, wir könnten das Wochenende zusammen eine Fahrradtour machen.«

»Im Winter? Draußen liegt ein Meter Schnee!«

»Erstens sind das nur zwanzig Zentimeter und zweitens kann Viggo Fatbikes besorgen, mit denen man auch im Schnee fahren kann.« Sie lächelt mich an. »Er würde sich freuen, wenn du mitkommst.«

Nun hat mir Fahrradfahren immer Spaß gemacht und ich habe mir in Göteborg nur deshalb noch kein Fahrrad gekauft, weil es wegen des Schnees seit Monaten im Keller stehen würde.

Zwar habe ich wenig Lust, Viggo zu sehen, andererseits will ich auf keinen Fall, dass Anna allein mit ihm auf Tour geht. »Wo soll es denn hingehen?«

»Nur an den Vänern, das ist der größte See innerhalb der EU.«

»Echt? Und der liegt hier in der Nähe?«

»Viggo meint, da könnten wir an einem Tag locker hin und zurückfahren, aber ich fände es schöner, wenn wir dort übernachten. Was meinst du?«

»Klingt gut, aber was machen wir mit unseren Gästen?«

»Besorg ihnen doch Gutscheine für ein Frühstück im Café nebenan.«

Genau das mache ich und eine Stunde später steigt Viggo aus einem Transporter, lädt drei Fahrräder mit Reifen so breit wie ein Rettungsring aus und stellt sie vor unser Häuschen. Anschließend lässt er sich von mir extra noch mal einen Kaffee aufsetzen, während er Anna ständig Komplimente macht.

Inzwischen sind die Osram-Hubers-Schäfer-Schusters abmarschbereit und ich gebe ihnen die Gutscheine für morgen. Zu meiner Überraschung meckern sie nicht, sondern sind begeistert. Hand in Hand in Hand gehen sie aus dem Haus. Wie ich aus dem Küchenfenster sehen kann, bleibt Anabolika-Heidemarie jedoch vor der Tür stehen und mustert fachmännisch die drei Fatbikes. Da sie diese sogar anhebt, habe ich Zweifel, dass sie von ihrem Extremfitness-Trip wirklich geheilt ist.

Kurz darauf teilt Viggo jedem ein Rad zu. Trotz der breiten Reifen kann ich mir nur schwer vorstellen, damit im Schnee zu fahren.

Doch als ich mich auf das Fahrrad setze, in die Pedale trete und nicht gleich auf die Schnauze falle, bin ich begeistert. Jedenfalls, wenn man mal davon absieht, dass Viggo viel schneller ist als ich und schon an der ersten Ampel auf Anna und mich wartet. »Alles okay bei euch?«, fragt Viggo.

»Klar«, antworte ich und als die Ampel grün wird, trete ich in die Pedale wie ein Bekloppter. Doch obwohl Viggo Anna mit dem Arm mitschiebt, kann ich gerade mal mit Müh und Not mit den beiden mithalten.

Auch wenn ich trotz der breiten Reifen ein paarmal wegrutsche und auf dem Schnee gleite wie auf Kufen, macht das Ganze Spaß. Jedenfalls die ersten zehn Kilometer. »Ist es noch weit?«, frage ich schließlich.

Viggo winkt ab. »Nur noch läppische neunzig Kilometer.«

Das ist der Moment, an dem ich beinah das erste Mal in Ohnmacht falle.

Viggo schiebt Anna ständig an, was von hinten aussieht, als führen beide Arm in Arm. Obwohl ich alles gebe, kann ich nicht so schnell fahren, um sie zu überholen, damit ich mir das nicht mehr mitansehen muss.

Als ich auf halbem Weg nach einer Pause frage und Viggo mir anbietet, mich anzuschieben, falle ich beinah das nächste Mal in Ohnmacht.

Die nächsten Kilometer schaffe ich rein aus Trotz und verletztem Stolz.

Und dann noch ein paar, weil Viggo mich fragt, ob ich krank sei, oder warum ich so langsam fahre.

Dann noch einige, weil es allmählich dunkel wird und es recht unwirtlich ist, im Freien auf dem kalten Schnee zu übernachten.

Und schließlich den Rest, weil ich auf keinen Fall möchte, das Viggo allein mit Anna am Vänern übernachtet.

Als ich es schon nicht mehr für möglich halte, kommen wir endlich an den See. Das klare Wasser des Vänern funkelt idyllisch im Mondlicht, doch im Gegensatz zu den anderen beiden bin ich viel zu kaputt, um es zu genießen.

Wir stellen die Fahrräder vor unserer Pension ab, die trotz des meterhohen Schnees für das Abendessen außen bestuhlt hat. »Ich würde sagen, wir machen ein Stündchen Pause«, sagt Viggo. »Und dann gehen wir noch auf eine kleine Seeumrundung.«

Das ist der Moment, an dem ich wirklich in Ohnmacht falle.

Ich werde von einem sehr kalten Glas Wasser geweckt, das in meinem Gesicht landet.

»Das war ein Scherz«, sagt Anna, doch ich bin so erschöpft, dass ich nicht mal lachen kann.

Sonntag, 17. Dezember, 3. Advent

Als ich am nächsten Morgen aufwache, kann ich mich zu meiner Überraschung zwar wieder bewegen, aber jeder Mucks tut höllisch weh. Ich habe selbst hinter dem Ohrläppchen Muskelkater.

Und von dem wunden Po erzähle ich besser gar nicht erst.

Als ich aufstehe, komme ich mir um hundert Jahre gealtert vor. Anna blickt mich besorgt an. »Geht es?«

»Klar«, sage ich, obwohl meine Muskeln *nein* schreien.

Jedenfalls kann ich mich nur mit Annas Hilfe zum Frühstück schleppen. Viggo begrüßt mich mit einem spöttischen Lächeln und zündet mit einem Streichholz galant drei Kerzen am Adventskranz an. »War das gestern ein wenig zu viel Sport?«

Ich spare mir die Antwort, denn das würde nur zu weiterer Eskalation führen. Wobei, das würde ich sogar in Kauf nehmen, aber mir fällt einfach keine passende Antwort ein. Ich nehme mir ein belegtes

Brötchen und beiße hinein. Selbst das Kauen tut weh und ich wäre jetzt echt froh um eine Dönersuppe.

Kaum habe ich ein halbes Brötchen geschafft, blickt Viggo auf die Uhr. »Wenn wir nicht wieder im Dunkeln ankommen wollen, müssten wir dann mal zurückfahren.«

»Ich komme nicht mit«, sagt irgendetwas Vernunftbegabtes in mir, wahrscheinlich mein Unterbewusstsein. Oder mein Selbsterhaltungstrieb. »Hier fährt doch bestimmt ein Zug zurück, oder?«

»Klar fährt einer«, sagt Viggo. »Wenn du damit leben kannst, deine CO2-Bilanz dermaßen zu belasten.« Er blickt zu Anna. »Wir beide fahren mit dem Fahrrad zurück, oder?«

Sie beißt sich auf die Lippe, schaut mich an. »Meinst du, das schaffst du allein mit dem Zug?«

»Wir können ihn ja zum Bahnhof bringen«, sagt Viggo, bevor ich antworten kann.

Doch so traurig es ist, ich spüre genau, dass ich mit meinem Muskelkater nicht mal einen Meter weit fahren kann.

Weil die beiden keine Zeit mehr verlieren wollen, stehen wir vom Frühstückstisch auf, packen und Viggo schiebt mich auf meinem Fahrrad zum Bahnhof. Das ist mindestens so erniedrigend, wie damals in der neunten Klasse, als uns der Lehrer während einer dreistündigen Matheprüfung verboten hatte, aufs WC zu gehen, wegen der vielen Spickzettel – die alle außer ich – auf dem Klo deponiert hatten. Tja, und konsequenterweise war ich dann auch der Einzige, der in die Hose gemacht hatte.

Dass ich trotzdem die beste Arbeit geschrieben habe, hat es damals auch nicht einfacher gemacht.

Zum Abschied meint Viggo noch, da ich nun viel früher daheim sei, könne ich ja schon mal Abendessen vorbereiten. Dann setzen sich die beiden auf ihre Fatbikes. Viggo nimmt Anna wieder in den Arm, sie fahren los und Anna blickt sich nur einmal ganz kurz nach mir um.

Und schon verschwinden sie um die nächste Ecke.

Ich schleppe mich erst mal zur Apotheke, um Magnesium gegen den Muskelkater und Posalbe zu kaufen. Dann besorge ich das Zugticket für mich und mein Fahrrad, und schaffe es irgendwie, das Bike in den Zug zu hieven und mich trotz meines wunden Pos auf einen Sitz.

Als ich in Göteborg ankomme, bin ich immer noch so erledigt, dass ich vom Bahnhof die Straßenbahn nach Hause nehmen muss, was für das Fahrrad natürlich noch mal extra kostet. Ich bin so kaputt, als hätte ich gestern die gesamte Tour de France absolviert, auf einem Klapprad mit blockierter Bremse.

Daheim schaffe ich es gerade noch, das Fahrrad abzustellen und mich zum Eingang zu verfrachten. Kaum habe ich es eine halbe Stunde später die Treppe zur Wohnungstür hochgeschafft und diese geöffnet, kommt mir Anabolika-Heidemarie entgegen. »Schon wieder da?«

Ich nicke erschöpft.

»Wer von euch ist eigentlich das E-Bike gefahren?«

»Was?!«

Sie geht zu meinem Fahrrad, lüpft es kurz und kommt wieder. »Na, du schon mal nicht.«

»Was für ein E-Bike?«

»Ich hab gestern Morgen alle drei Fahrräder hochgehoben und eines war ein paar Kilogramm schwerer als die anderen.«

»Das war bestimmt meines!«

»Nein, war es nicht. Das war das Elektro-Bike mit einem versteckten Akku im Rahmen. Da wollte euer Dolph Lundgren wohl wie ein Held aussehen.«

»Du meinst, sein Fahrrad ist quasi von allein gefahren?«

Sie schüttelt den Kopf. »Er musste schon noch treten, aber wahrscheinlich wegen des Motors nur halb so viel Kraft aufwenden wie du.«

»Bist du dir da sicher?«

»Ich würde meine gesamten Proteinshakes darauf verwetten.«

Ich bedanke mich bei ihr, robbe an meinen Schreibtisch, öffne den Laptop und finde nach kurzer Recherche heraus, dass sogar schon Fahrer bei der Tour de France diese versteckten Akkus und Motoren eingesetzt haben, bis jemand auf die Idee kam, die Fahrräder nach dem Rennen zu durchleuchten.

Als ich wieder aufstehen will, um etwas zu Essen zu machen, treten meine Beinmuskeln endgültig in den Streik. Ich schaffe es nur noch, den Spielzeugroboter hinter meinem Bürostuhl zu platzieren und mich in die Küche fahren zu lassen.

Ich nehme eine Kartoffel und kaum habe ich die Hälfte davon geschält, schlafe ich vor Erschöpfung ein.

***

Ich wache erst auf, als ich draußen Stimmen höre. Und schon dreht sich der Schlüssel in der Tür herum. Schnell lasse ich mich von meinem Bürostuhl-Roboter-Konstrukt zur Tür fahren. Anna kommt hinein.

»Ich weiß jetzt, warum Viggo so viel schneller war und dich anschieben konnte«, platzt es aus mir heraus, noch bevor ich sie überhaupt begrüßt habe. »Er hatte ein E-Bike und ich nicht.«

Anna blickt mich irritiert an, was aber offensichtlich nicht an meinem neuen Transportmittel liegt. »Erst mal hallo.« Sie mustert mich. »Bist du auf dem Heimweg auf den Kopf gefallen?«

»Sind die Fahrräder noch draußen?« Ich lasse mich zum Fenster fahren, doch ich sehe nichts.

»Viggo bringt sie gerade weg, dann kommt er zum Abendessen. Ich hoffe, du hast etwas vorbereitet?«

»Natürlich hat der die Fahrräder schon weggebracht«, entgegne ich. »Um die Beweise zu vernichten. Viggo hat das absichtlich gemacht, damit ich gegen ihn wie ein Waschlappen aussehe.«

Anna stemmt die Arme in die Hüfte. »Ich glaube eher, du kannst nicht damit umgehen, dass Viggo so viel stärker ist als du.«

»Damit hab ich kein Problem«, sage ich. »Aber er ist kein Held und ich bin kein Waschlappen.«

»Sah aber gestern verdammt danach aus.«

»Sagt die Frau, die sich ständig hat von ihm anschieben lassen.«

»Da siehst du eben, wie sozial er eingestellt ist.«

»Denk an den Porsche.«

»Viggo hat den Porsche verkauft. Er hat sich geändert.«

»Männer ändern sich nicht!«, entgegne ich. »Sie bleiben immer die kleinen Kindsköpfe, die sie schon mit sieben waren, nur die Spielzeuge werden größer.«

Sie zeigt auf meinen Spielzeugroboter. »Was dich angeht, hast du sicher recht.«

Im nächsten Moment klingelt es an der Tür. Keine Frage, wer das schon wieder ist.

»Hast du jetzt eigentlich etwas zu essen vorbereitet?«, fragt Anna.

»Selbstverständlich«, antworte ich. »Ist gleich fertig.«

Montag, 18. Dezember

Wie wir schon festgestellt haben, ist ein Montagmorgen ja schon schlimm genug. Aber wenn man mit einem immer noch höllischen Muskelkater aufwacht und früh aufstehen muss, obwohl man arbeitslos ist, dann setzt das dem Ganzen die Krone auf.

Doch das Frühstück für unser Bed & Breakfast muss schließlich gemacht werden. Außerdem traue ich mich nach wie vor nicht, Anna zu erzählen, dass ich den Job verloren habe, da sie mich dann erst recht für einen Waschlappen hält. Und selbst das Finanzamt verschickt vor Weihnachten keine Zahlungsbefehle, also sollte man schlechte Nachrichten da auch besser zurückhalten.

Außerdem habe ich von Kemal noch keine schriftliche Kündigung erhalten und vielleicht entwickelt sich das Dönereis ja doch noch zu einem Hit. Vielleicht wird ja auch San Marino Fußballweltmeister. Und Viggo hat es gar nicht auf Anna abgesehen.

Mein Festmahl gestern Abend aus Dönersuppe mit Dönersuppe und Dönersuppe kam so mittelgut an. Jedenfalls besser als der Nachtisch aus Dönereis, das laut Viggo geschmeckt hat, wie ein Leck in der Kühlleitung eines Kernkraftwerks. Am liebsten hätte ich ihn gefragt, ob er davon schon mal getrunken hat, und ob sein hohler Brustkorb damit zu erklären sei, aber Anna hätte das sicher als kindisch aufgefasst.

Denn wegen meiner Vorwürfe an Viggo, die ich nicht beweisen konnte, war Anna schon sauer genug auf mich.

Zum Glück ist sie nicht nachtragend und als ich ihr mit schmerzverzerrtem Gesicht ein Müsli mit frischem Obst auftische, bevor sie in die Schule muss, gibt sie mir einen Kuss. »Was machen wir heute Abend?«, fragt sie.

»Etwas Entspannendes zu zweit?«

Sie nickt. »Wie wäre es mit Eishockey?«

Ich starre Anna an, doch ihrem Gesichtsausdruck nach hat sie das nicht als Scherz gemeint. »Ich kann nicht Schlittschuhlaufen«, sage ich.

»Das musst du auch nicht. Es fährt eine Straßenbahn ins Stadion.«

»Und ich muss nicht mitspielen?«

Sie schüttelt den Kopf. »Es sei denn, du hast mir verheimlicht, dass du bei den *Frölunda Indians* unterschrieben hast.«

»Bei wem?«

»Hast du deinen Adventskalender heute noch nicht aufgemacht?«

Ich springe zum Adventskalender – also genaugenommen stelle ich mir das vor und robbe eher – und hole Annas und mein Geschenk.

Sie muss schmunzeln, als sie mein Gedicht liest. »Komisch, ich hätte schwören können, dass dein Adventskalender etwas mit der Fischkirche zu tun hat«, sagt sie. »Du hast mich am ersten Advent so häufig danach gefragt.«

»Ich hab mich dann doch für die Gedichte entschieden«, antworte ich schnell und packe ihr ziemlich flaches Geschenk für mich aus. Darin befinden sich zwei Eintrittskarten für heute. Darauf steht *Frölunda Indians*.

»Da Eishockey quasi schwedischer Nationalsport ist, dachte ich, ein wenig Horizonterweiterung tut dir gut«, sagt Anna. »Und die *Frölunda Indians* sind das Eishockeyteam aus Göteborg, mehrfacher schwedischer Meister.«

»Warum heißen die Indians und nicht Wikinger?«

Anna zuckt mit den Schultern. »Warum heißt es nicht Getränkedose Leipzig, sondern Rasenballsport Leipzig?«

Ich muss lachen. »Also gut, gehen wir heute zum Eishockey.« Ich blicke noch mal auf die Tickets. »Zu zweit?«

»Zu zweit.« Sie lächelt mich an. »Wie du es dir gewünscht hast.«

Nachdem Anna in die Schule gegangen ist und die Osram-Hubers-Schäfer-Schusters aufgebrochen sind, um die Schären zu besichtigen, fühle ich mich ziemlich allein.

Und nutzlos.

Ich rufe Kemal an, er kann sicher Hilfe brauchen. Vielleicht hat sich ja über das Wochenende auch etwas getan.

»Ah, Matthias, altes Freund«, begrüßt er mich.

»Haben wir etwas verkauft?«, frage ich.

»Ja«, sagt er. »Ich hab gerade verkauft meine Vor-Ort-Autoreparaturservice und meine Fladebrotbäckerei und Ayran-Lieferservice, damit ich könne zahle dringendste Rechnunge. Wenn ich kann verkaufe auch Dachdecker- und Flieselegergeschäft ich vielleicht nix müsse mache Konkurs und könne wieder arbeite als Klempner.«

»Und die Dönersuppe?«

»Werbespots sind ausgelaufe, weil kein Geld mehr. Und ohne Werbung nix verkaufe Suppe.«

»*Mit* Werbung haben wir auch nichts verkauft.« Ich seufze. »Kann ich noch irgendetwas für dich tun?«

»Du nicht mehr müsse arbeite für mich. Ich kann Lohn für Dezember nicht zahle.«

»Das macht nichts«, sage ich. »Du hast mir damals auch geholfen, als nichts mehr weiterging. Also, sag schon, was soll ich tun?«

***

Nachdem Anna von der Schule wieder heimgekommen ist, fahren wir zum Scandinavium in dem diese Eishockeyindianer spielen. Ich kann mich immerhin wieder so gut bewegen, als hätte man mir nur jeden Knochen einzeln eingegipst. In weiser Voraussicht habe ich alle Stricksachen aus dem Adventskalender angezogen, schließlich wird es beim Eishockey wahrscheinlich kälter als beispielsweise beim Beachvolleyball.

Wenn ich mir die anderen Fans mit ihren unförmigen Trikots, den riesigen Schals und den hässlichen Kappen so anschaue, bin ich im Gegensatz zu ihnen

128

richtig geschmackvoll gekleidet. Das Scandinavium sieht übrigens so aus wie die Berliner Kongresshalle, allerdings von einem Riesenspiegel verdoppelt und natürlich bevor sie eingestürzt ist.

Kurz vor dem Spiel nehmen wir unsere Plätze auf der Haupttribüne ein. Zum Glück haben wir Sitzplätze, nicht auszudenken, wenn ich in meinem Zustand mehrere Stunden stehen müsste. An diesem Umstand erfreue ich mich exakt drei Minuten, dann pfeift der Schiedsrichter das Spiel an und alle stehen auf, als wären sie gleichzeitig von einer Hummel in den Po gestochen worden. Dabei singen sie etwas, das klingt wie die schwedische Version von *Steh auf wenn du ein Schalker bist.*

Das hat mich schon beim Fußball immer genervt wenn ich ins Stadion gegangen bin. Wenn ich für einen Sitzplatz bezahlt habe, dann doch wahrscheinlich, weil ich weder tanzen, noch stehen, noch vor Muskelkater zusammenbrechen möchte, sondern sitzen! Aber wenn man nicht unangenehm auffallen möchte, muss man eben aufstehen, wenn alle aufstehen.

Sonst würde ich natürlich auch nichts vom Spiel mitbekommen. Doch wie ich schnell feststelle, wäre das auch egal. Denn der Puck ist klein und wird so schnell gespielt, dass wahrscheinlich nicht mal Katzen seinen Laufweg verfolgen können. Irgendwann landet der Puck dann im Tor, jedenfalls wenn das nicht verschoben wird und das Ganze geht von vorn los.

Nachdem sich innerhalb der ersten fünf Minuten schon drei Schlägereien ereignet haben, gelange ich zur Überzeugung, dass die Zuschauer beim Eishockey genau deswegen ins Stadion gehen und nicht wegen des Spiels. Im Prinzip ist das wie die früheren Gladiatorenkämpfe, wobei man wahrscheinlich noch mehr Publikum anziehen würde, wenn jeder gegen jeden kämpfen dürfte.

Vielleicht bin ich aber auch zu wenig männlich – oder wegen mir primitiv –, um das gut zu finden, doch das sage ich Anna natürlich nicht, denn anscheinend steht sie ja auf diese maskulinen Typen.

Nachdem vorhin der Gegner getroffen hat, fällt jetzt das erste Tor für Göteborg. Das ganze Stadion springt auf und schreit, als hätten sie kollektiv im Lotto gewonnen. Nur ein paar Gästefans und ich bleiben stehen. »Freust du dich nicht?«, fragt mich Anna.

»Ich freue mich mehr innerlich«, antworte ich.

»Du lachst nicht mal.«

»Ich hab selbst in den Gesichtsmuskeln Muskelkater.« Dummerweise beweise ich Anna im nächsten Moment das Gegenteil, denn ich entdecke auf der Gegengerade niemand anders als Viggo, der ausgelassen jubelt.

»Was ist?«, fragt Anna.

»Och nix, ich hab nur jemanden erkannt.«

»So viele Schweden kennst du doch gar nicht.« Sie blickt dorthin, wo ich augenblicklich wegschaue. »Schau mal, da ist ja Viggo!«, ruft sie.

Schon winkt Anna, er sieht uns und winkt zurück.

Natürlich kommt er in der ersten Drittelpause zu uns hinüber und begrüßt Anna freudestrahlend und mich mit seinem patentierten Pickelausdrückerblick. »Ich hätte echt nicht gedacht, dass du an Eishockey Interesse hast.« Er gibt mir einen freundschaftlichen oder feindlichen Schubs, je nach Perspektive. »Oder willst du an deiner Männlichkeit arbeiten?«

»Ist ein Geschenk von Anna«, antworte ich knapp.

»Soll ich eine Runde spendieren?«, fragt er.

»Das wollte ich grad übernehmen bevor du gekommen bist«, entgegne ich. »Drei Bier?«

Alle nicken. »Gibt aber nur Leichtbier«, entgegnet Anna.

»Ich helfe ihm tragen«, sagt Viggo, als wäre ich mit drei Leichtbier überfordert.

Kaum ist Anna außer Sichtweite, rempelt sich Viggo neben mich. »Warum gibst du nicht einfach auf?«, fragt er. »Das spart dir eine Menge Demütigungen und sie kommt am Ende ohnehin zu mir zurück.«

»Kommt sie nicht, weil du dich nicht geändert hast.«

Er blickt mich überheblich an. »Du kennst mich doch gar nicht.«

»Vielleicht besser als du denkst«, entgegne ich. »Ich weiß zum Beispiel, dass du einen Motor in deinem Fatbike hattest.«

»Und ich weiß von dem hier.« Er holt aus seiner Jacke die Bild-Zeitung mit mir auf der Titelseite heraus und grinst so breit, als wäre ein Lineal an ihm verloren gegangen.

Dienstag, 19. Dezember

Als ich noch im Halbschlaf meinem Adventskalender auspacke, finde ich darin zu meiner Überraschung eine Radlerhose mit gepolstertem Popo. Ich könnte wetten, dass Anna die erst jetzt neu gekauft hat.

Aber sie verneint das und lächelt nur kurz über mein Gedicht.

Dann erzählt sie von dieser Weihnachtsaktion, bei der die Schüler der achten Klasse Weihnachten fotografisch darstellen sollen und zwar – um ihre Kreativität anzuregen – unter Ausschluss aller üblichen Weihnachtsutensilien. Und sie wisse nicht, wann sie das tun soll, denn parallel müsse sie in Vertretung noch eine andere Klasse unterrichten. »Hast du eine Idee?«, fragt sie. »Schließlich arbeitest du in der Werbung.«

Jetzt wäre die Gelegenheit, Anna zu sagen, dass ich nicht mehr in der Werbung arbeite, aber irgendwie hab ich den richtigen Zeitpunkt verpasst. »Ich lasse mir was einfallen«, antworte ich stattdessen und dann geht Anna schon wieder zur Arbeit.

Nach dem Frühstück stehen die Osram-Hubers-Schäfer-Schusters mit gepackten Koffern vor mir und alle bis auf Huber bedanken sich bei mir.

Der meint nur, Schweden sei im Dezember viel zu kalt, was er leider in der Bewertung bei *Tripadvisor* zum Abzug bringen müsste, außerdem gäbe es in ganz Göteborg nicht mal eine vernünftige Schweinshaxe mit Sauerkraut.

Und eine ordentliche deutsche Sparkasse habe er auch keine gefunden und als er in einer schwedischen versucht habe, ein paar Angestellte zusammenzustauchen, hätten die ihn nur amüsiert angeschaut.

Vorher wäre ihm das gar ja nicht aufgefallen, so ohne Hörgerät, aber jetzt müsse er sagen, die Schweden könnten ja nicht mal richtig Deutsch.

Als er endlich ausgewettert hat, nimmt mich Anabolika-Heidemarie beiseite. »Danke, dass du dich um Annemarie gekümmert hast«, sagt sie. »Das hat mir gezeigt, was wirklich wichtig ist.« Sie nuckelt an einem Proteinshake. »Also neben dem Sport und Sex und laktosefreier Sahne.«

Ich nicke mit gespielter Zustimmung.

»Ich hab mir auch fest vorgenommen, keine halboffene Beziehung mehr zu führen, jetzt wo mein Mann wieder gut hört.« Sie gibt mir einen Kuss auf die Backe. »Aber vielleicht geht das Hörgerät ja auch mal kaputt, dann melde ich mich wieder bei dir.«

Annemarie zeigt mir noch mal stolz ihre neue Insulinpumpe, die sie mit ein paar lustigen Aufklebern versehen hat und umarmt mich.

Sie sieht viel besser aus als vor ein paar Tagen, was wahrscheinlich daran liegt, dass sie ihre Ernährung jetzt ernster nimmt.

Als sie gehen, bin ich tatsächlich ein wenig traurig.

Am Vormittag helfe ich Kemal dabei, den Verkauf seines Dachdeckergeschäfts unter Dach und Fach zu bringen, den Nachmittag nehme ich mir frei. Denn ich möchte ein bisschen mehr über Viggo herausfinden.

Offensichtlich hat er das Gleiche mit mir getan, anders kann ich mir jedenfalls nicht erklären, wie er auf die Bild-Zeitung gekommen ist.

Viggo wohnt im ehemaligen Göteborger Arbeiterviertel Haga, das inzwischen so trendy geworden ist, dass es sich kein Arbeiter mehr leisten kann.

Als ich in Haga ankomme, stelle ich fest, dass Viggo in einem Loft residiert, dessen Anblick mich schon von außen neidisch macht. Doch im Grunde interessiert mich seine Wohnung gar nicht. Ich gehe in den Hinterhof seines Hauses, und hoffe, dort sein Fatbike stehen zu sehen.

Im Hof steht allerdings gar kein Fahrrad, dafür ein roter Porsche 911, der frischgewaschen in der Sonne glitzert.

Mein Herz pumpt triumphierend schnell, jetzt werde ich endlich beweisen können, dass Viggo ein Aufschneider ist!

Ich muss nur warten, bis er in den Porsche steigt.

Ich blicke mich um und obwohl Göteborg voll heimeliger Cafés ist, gibt es hier leider keines, von dem aus ich den Porsche unauffällig observieren könnte. Das einzige Geschäft mit Blick auf den Hinterhof ist ein kleiner Laden für sicherlich sündhaft teure Designerklamotten.

Doch für meine Liebe tue ich alles, also gehe ich in den Laden und werde natürlich sofort von dem Inhaber angesprochen, dem man auf dem ersten Blick ansieht, dass er vom anderen Ufer ist.

Okay, vielleicht liegt es auch an seinem T-Shirt mit dem Aufdruck: *Proud to be gay.*

Er fragt mich etwas auf Schwedisch, das entweder heißt, ob er mir helfen kann, oder dass mich mein Strickpullover für das Betreten ihres Designer-Stores disqualifiziert.

Da die wenigen Klamotten, die in dem Laden hängen, nur unwesentlich besser aussehen als mein Pullover, gehe ich davon aus, dass er mir helfen möchte und ich antworte auf Englisch, dass ich mich nur umschauen will, was im Grunde ja auch der Wahrheit entspricht.

Dummerweise muss ich mich, um aus dem Fenster zu schauen, vor ein besonders hässliches Glitzerkleid stellen, dessen Preis in schwedischen Kronen kaum auf das Schild passt.

»I see you have a very feminine taste«, sagt der Inhaber und strahlt mich an wie eine Tausend-Watt-Birne.

Ich muss schlucken.

»Would you like to try it on?«

Tja, wenn ich irgendwie die Zeit in dem Laden totschlagen möchte, muss ich kompromissbereit sein, so überschaubar wie das Sortiment hier ist.

Also nicke ich.

Der Inhaber lächelt entzückt und hält mir den Vorhang für die Umkleidekabine auf, der nebenbei bemerkt ziemlich transparent ist.

Um den Porsche nicht allzu lange aus den Augen zu verlieren, entledige ich mich schnell Jeans sowie Strickpullover und zwänge mich in das Glitzerkleid. Es spannt ziemlich an meinem Po und hängt an meiner Brust ein wenig schlaff herunter, aber ansonsten steht es mir unerwartet gut.

Als der Inhaber mich sieht, schreit er entzückt auf. »I had someone like you in mind, when I designed the dress.« Er öffnet die Ladentür. »The reflections on the dress are so beautiful you have to see them in the sunlight.«

Er bleibt neben der offenen Tür stehen und bedeutet mir hinauszugehen. Ich zögere, zwar scheint die Sonne, aber es ist mal wieder arschkalt.

In dem Moment blenden die Lichter am Porsche auf. Ich schnappe mir mein Smartphone, renne am verdutzten Inhaber vorbei nach draußen, halte das Smartphone in Fotoposition und versperre dem Porsche den Weg.

Dann erst sehe ich, dass gar nicht Viggo darin sitzt, sondern eine schwarzhaarige junge Frau.

Die auf die Hupe drückt.

Was ich nicht sehe, ist dieser muskulöse blonde Schönling, der von seinem Loft aus ein Foto der ganzen Szene schießt.

Mittwoch, 20. Dezember

Nach dem Aufstehen biete ich Anna an, dass ich mich heute Nachmittag um ihre Achtklässler kümmere, weil ich das perfekte Fotoprojekt für sie hätte.

»Und was sollen sie fotografieren?«

»Es ist eine Überraschung«, sage ich. »Ein Spiel mit der Wahrheit, es geht um vorgefestigte Meinungen, Luxuskritik und um die Umwelt. Ich hole sie in der Schule ab, du brauchst dich um nichts kümmern.«

»Und du hast dafür Zeit? Musst du nicht arbeiten?«

»Ich kann mir heute Nachmittag freinehmen.« Ich lächle sie an. »Dann kannst du in Vertretung die andere Klasse unterrichten und ich kümmere mich um das Fotoprojekt.«

Anna nickt überrascht, gibt mir einen Kuss und ich verspreche ihr, die Klasse heute Punkt vierzehn Uhr in der Schule abzuholen.

Dann muss sie schon wieder zur Arbeit.

Ich rufe Kemal an, doch der hat immer noch keine Dönersuppe verkauft. Die Lagerkosten für das Zeugs wären so hoch, dass er überlege, sie vernichten zu lassen.

Aber das ginge auch nicht umsonst.

Wenigstens habe er jetzt auch einen Käufer für das Fliesenlegergeschäft gefunden und ich helfe ihm, den Kauf abzuwickeln.

Punkt 14 Uhr hole ich die Klasse an Annas Schule ab. Fotoapparate hat keiner dabei, die Jugend von heute fotografiert mit dem Handy.

Alle haben von der Schule Gutscheine für den Ausdruck der Fotos in einem Drogeriemarkt erhalten und am Freitag werden sie ihre Bilder in der Klasse präsentieren.

Auf Englisch erkläre ich ihnen, was sie zu fotografieren haben und sie scheinen spürbar erleichtert, dass ich kein verkopfter Künstler bin, sondern eher eine praktische Aufgabe für sie habe.

Zusammen fahren wir mit der Straßenbahn nach Haga. Ich weiß nicht, womit Anna den Schülern gedroht hat, wenn sie sich daneben benehmen oder ob sie wirklich so folgsam sind, auf alle Fälle machen sie genau, was ich ihnen sage.

Alle strömen sie in Haga aus, auf der Suche nach den geeigneten Fotoobjekten.

Es läuft perfekt und ich muss lediglich darauf achten, dass ich nicht zu nah an diesen einen Designerladen komme, in dem dieses verdammte Glitzerkleid hängt.

Denn der Inhaber würde mich bestimmt wieder stundenlang belabern, es zu kaufen.

Ein paar Stunden später treffe ich mich mit den Schülern wieder am Ausgangspunkt. Die meisten sind so begeistert, dass sie morgen noch weiter fotografieren wollen.

Zufrieden fahre ich nach Hause, schreibe Anna eine SMS, dass alles mit den Schülern gut geklappt hat und freue mich darauf, dass sie heimkommt.

Doch obwohl sie nie länger als bis siebzehn Uhr Unterricht hat, ist sie zwei Stunden später immer noch nicht da. Ich schreibe ihr wieder eine SMS, wo sie denn bleibe.

»Wird später«, lautet ihre knappe Antwort.

Über eine Stunde danach kommt sie endlich nach Hause. Ich sehe sofort, dass etwas nicht stimmt, sie blickt mich kopfschüttelnd an, die Augen verheult, außerdem erkenne ich Wut in ihrem Gesicht, das habe ich noch nie zuvor gesehen. »Ich glaube, ich kenn dich nicht«, sagt sie.

»Was?«

Sie legt die Bild-Zeitung mit mir auf dem Titel auf den Tisch. »Du raubst alte Omis aus?«

»Das war nicht so, wie es aussieht.«

»Und das hier auch nicht?« Sie legt ein Foto neben die Zeitung, auf dem ich in einem ziemlich zweifelhaften Outfit zu sehen bin und einen Porsche daran hindere auf die Straße zu fahren. »Du trägst heimlich Glitzerkleider und belästigst fremde Frauen?«

»Ich dachte, das ist Viggos Porsche.«

»Ach, und das wäre okay gewesen, ihn in Frauenkleidern zu belästigen?«

Ich schüttle den Kopf. »Ich hab das Kleid anprobiert, weil ich von dem Laden aus den Porsche sehen konnte. Und dann ist er losgefahren und ich bin rausgerannt.«

»Du spionierst Viggo nach?«

»Er mir offensichtlich auch.« Ich zeige auf das Foto.

Anna stemmt die Arme in die Hüfte. »Er hat das nur mitbekommen, weil er sich über den Tumult im Innenhof gewundert hat.«

»Klar, und die Bild-Zeitung kauft er auch regelmäßig.«

»Ein Freund hatte ihn darauf angesprochen.« Sie schüttelt den Kopf. »Er wollte mir die Zeitung erst nicht zeigen, aber nach dem Vorfall mit dem Kleid, da konnte er einfach nicht mehr anders.«

»Klar, es passt ihm ja auch überhaupt nicht in den Kram. Wo er doch seit Tagen nichts anderes macht, als uns beide auseinanderzubringen.«

»Fängst du jetzt wieder mit dem Fatbike an?« Sie seufzt. »Ich hatte die ganze Zeit Zweifel, ob Viggo es wirklich ehrlich meint, aber inzwischen glaube ich, du bist derjenige, der mir etwas vorspielt.«

Ich schüttle den Kopf, will sie umarmen, doch sie weist mich zurück. »Ich glaube, es ist besser, wenn du heute im Gästezimmer übernachtest.«

Donnerstag, 21. Dezember

Sämtliche Versöhnungsversuche von meiner Seite sind gestern Abend gescheitert, nicht mal das Fotoprojekt mit den Schülern hat Anna interessiert. Als ich heute Morgen aufgestanden bin und Frühstück machen wollte, war sie schon aus dem Haus.

Natürlich habe ich Fehler gemacht, aber im Grunde wollte ich doch nur das Beste für uns beide.

Ich hätte nie gedacht, dass ich das Bed & Breakfast einmal für mich selbst nutze. Da bis auf die Osram-Hubers-Schäfer-Schusters noch niemand gebucht hat, ist das auch wieder so eine gescheiterte Idee.

Das erinnert mich an Kemal und ich rufe ihn an.

»Hallo, Matthias, altes Freund«, meldet er sich. »Ist traurig, dir jede Tag sage zu müsse, dass Dönersuppe sich immer noch nix verkauft.«

»Kann ich sonst irgendwie helfen?«

»Indem du dir suche neue Job. Ist schon schlimm genug, dass ich Frau Dings noch nix erreicht, weil immer noch in Kuba auf Liebesurlaub und sie nix wisse von Pech.« Er seufzt. »Ich nicht wolle auch noch verantwortlich sein für deine Pech.«

»Das bist du nicht, du hast mich im Sommer gerettet, als ich Pleite war, schon vergessen?«

»Nein, du habe mich gerettet, ich nix hatte Aufträge bevor du geholfe. Ich dir schreibe beste Zeugnis von Welt für neue Bewerbung.«

»Danke«, sage ich und verabschiede mich.

Kemal hat recht, ich sollte mir allmählich einen neuen Job suchen.

Doch wie soll das gehen, kurz vor Weihnachten, in gebrochenem Schwedisch?

Falls Anna mich überhaupt weiter hierhaben möchte.

Ich rufe eine Jobbörse im Internet auf, doch ich finde keine Stelle in einer Werbeagentur, die als Eingangsvoraussetzung nur Grundkenntnisse in Schwedisch verlangt. Wahrscheinlich kann man ohne Kenntnisse der Landessprache in jeder Gesellschaft nur Müllmann werden, Putzfrau oder Fußballer.

Oder Spielerfrau.

Da ich im Fußball wie in vielem nur Mittelmaß war, blieb mir die Sportlerkarriere immer versagt, zumal ich mit Mitte dreißig ohnehin schon zu den Fußballrentnern gehören würde.

Bleibt also Putzhilfe oder Müllmann.

Denn nach dem Dönersuppen- und Bild-Zeitungsdebakel brauche ich es in Deutschland gar nicht erst mit einer Bewerbung versuchen.

Irgendwie habe ich bis zu dem Moment verdrängt, wie beschissen meine Situation ist.

Ich habe stattdessen immer gehofft, dass irgendwo eine Tür aufgeht, doch sie wurde mir nur ständig ins Gesicht geknallt.

Ein paar davon hab ich auch selbst zugeschlagen.
Ich schreibe Anna eine SMS, dass es mir leidtut.
Doch sie antwortet nicht.

***

Gegen Abend kommt Anna endlich nach Hause. Sie wirft mir einen enttäuschten Blick zu. »Es bringt nichts, sich zu entschuldigen, wenn du ständig neuen Mist baust!«

»Was denn?«

»Meine Schüler sollen zu Weihnachten einen Porsche fotografieren?« Sie schaut mich empört an. »Was willst du den Kindern damit beibringen?«

»Es geht um Konsum, um Glück und darum, das Ehrlichkeit sich auszahlt.«

»Hältst du Porschefahrer etwa für besonders ehrlich?«

»Nein«, antworte ich. »Genau darum geht es ja.«

»Und was hat das mit Glück zu tun? Willst du ihnen vermitteln, dass wer reich ist, glücklich ist?«

»Sie sollen nicht nur Porschefahrer fotografieren, sondern auch solche, die ganz alte Autos fahren, oder Fahrrad. Und dann stellen wir gegenüber, wer glücklicher aussieht. Und das sind sicher nicht die Porschefahrer. Damit halten wir dem weihnachtlichen Konsumterror den Spiegel vor.«

»Ach, deswegen sollen sie in Haga fotografieren?«

Ich nicke zustimmend. Endlich scheint Anna mich verstanden zu haben.

Doch ihr ablehnender Blick spricht nicht dafür. »Ich glaube eher, das hat damit zu tun, dass du immer noch nicht akzeptiert hast, das Viggo sich verändert hat«, sagt sie. »Wie du weißt, wohnt er in Haga. Aber er hat seinen Porsche verkauft und den Erlös an Greenpeace gespendet.«

»Behaupten kann das jeder.«

»Ich hab sogar den Überweisungsbeleg gesehen!«

Ich blicke Anna überrascht an. Habe ich mich in Viggo getäuscht und kann das nur nicht akzeptieren, weil ich so eifersüchtig bin? Weil ich Angst habe, Anna zu verlieren? »Es tut mir leid«, sage ich.

»Wie schon gesagt, das reicht nicht, wenn du jedes Mal neuen Mist baust.« Anna macht einen Schritt auf mich zu. »Weil ich mir Gedanken um dich gemacht habe, habe ich übrigens Kemal angerufen, um ihn zu fragen, ob alles in Ordnung ist.«

Geschockt starre ich in Anna an.

»Und weißt du, was er mir erzählt hat?«

Ich seufze. »Er hat dir wahrscheinlich erzählt, dass die Dönersuppe sich nicht verkauft und dass er mich deswegen entlassen hat.«

»Nein, das hat er nicht«, sagt sie und verschränkt trotzig ihre Arme. »Aber interessant, das zu erfahren.« Sie geht wieder einen Schritt von mir weg. »Und du willst mir erzählen, du wärst ehrlich?«

»Ich hab nicht gelogen, ich hab nur nichts davon erzählt«, sage ich klitzekleinlaut.

»Matthias, ich bin deine Freundin. Noch jedenfalls.« Sie seufzt. »Wenn du vor mir Geheimnisse hast, dann stimmt was nicht.«

»Keine Geheimnisse mehr?«, frage ich. »Willst du etwa wissen, was du zu Weihnachten bekommst?«

»Ich rede nicht von Kleinigkeiten.«

»Das ist keine Kleinigkeit. Ich hab das lange vorbereitet. Und es kommt von Herzen.«

»Soll ich dir jetzt um den Hals fallen, weil du Weihnachten nicht genauso vergessen hast, wie den Adventskalender?«

»Der ist abgebrannt.«

»Was?«

»Das war Geheimnis Nummer eins. Ich hatte die Fischkirche aus Zündhölzern gebaut, in jedes Fenster ein Geschenk gesteckt, aber der Adventskalender ist abgebrannt.«

»Und warum hast du mir das nicht erzählt?«

»Weil ich nicht wie ein Trottel dastehen wollte.«

»Und wie stehst du jetzt da?«

Ich beiße mir auf die Lippe. »Wie ein Supertrottel?«

»Na, wenigstens das hast du verstanden.« Dann lässt sie mich einfach stehen, geht ins Schlafzimmer und knallt die Tür hinter sich zu.

Freitag, 22. Dezember

Nach einer weiteren Nacht im Bed & Breakfast habe ich eine wichtige Erkenntnis gewonnen: Ich bin nicht nur ein Supertrottel, sondern ein Supersupertrottel.

Offensichtlich rächt es sich jetzt, dass ich bisher nur zwei Beziehungen hatte und total unerfahren bin. Vielleicht habe ich daher nie gelernt, offen mit Frauen zu kommunizieren.

Weil Anna immer viel Verständnis für mich hatte, ging es mit ihr gut, allerdings nur solange, bis ich ihr verheimlichen wollte, dass ich den Adventskalender aus Versehen angesteckt habe.

Dann kam ein Geheimnis nach dem anderen hinzu und alles bloß, weil ich das große Ziel nicht in Gefahr bringen wollte.

Vielleicht sollte ich einfach zu meinen Fehlern stehen, anstatt sie ständig zu vertuschen.

Wenn ich sie wenigstens wiedergutmachen würde, das wäre schon mal ein Ansatz.

Aber soll ich mich jetzt etwa bei Viggo dafür entschuldigen, dass er versucht, mir Anna auszuspannen?

Um den Kopf ein wenig freizubekommen, gehe ich nach draußen an die frische – und arschkalte – Luft.

Nach einer Stunde ziellosem Umherlaufen und ziemlicher Friererei wird mir klar, dass ich meine Energie auf den falschen Punkt gerichtet habe. Es ging mir darum, zu beweisen, wie schlecht Viggo ist, anstatt an meinen eigenen Fehlern zu arbeiten. Oder das besser zu machen, was ich gut kann.

Denn wenn ich das tue, gibt es keinen Grund für Anna, mich zu verlassen.

Obwohl mein Konto inzwischen unter null gesunken ist, kaufe ich in die Stadt ein paar Leckereien, aus denen selbst ich ein gutes Menü kochen kann. Auf dem Heimweg gehe ich bei einem Floristen vorbei und lasse einen schönen Winterstrauß für Anna binden. Während ich eine Widmung auf die daran hängende Karte schreibe, fällt mein Blick auf das Fleurop-Logo an der Kasse.

Sofort habe ich eine Idee.

Ich haste zurück in die Wohnung, stelle die Leckereien in den Kühlschrank und die Blumen auf den Küchentisch.

Kochen kann ich ohnehin erst heute Abend, also kümmere ich mich als Erstes um einen Job. Wenn das klappt, fühle ich mich nicht mehr wie ein Versager und werde Anna zeigen, dass ich Probleme nicht nur verschweigen kann, sondern auch lösen.

Voller Tatendrang setze ich mich vor meinen Laptop.

Wenn Fleurop seine Blumen weltweit anbieten kann und jemand Lokales führt die Bestellung aus, dann kann ich auch meine Werbeideen weltweit für den deutschsprachigen Markt anbieten und von hier aus ausführen.

Schließlich gibt es genügend Plattformen, bei denen man international seine Dienstleistungen anpreisen kann.

Denn bevor ich hier als Müllmann arbeiten muss, wäre es wahrscheinlich eine bessere Alternative, die eigene Werbeagentur zu gründen.

Ich überlege mir einen Werbeslogan für meine Agentur, bin mit *Matthias Käfer und ihre Werbung läuft und läuft* recht zufrieden und setze je ein Inserat mit ein paar Referenzen auf jede dieser Dienstleistungsplattformen.

Als ich das erledigt habe, ist gerade mal der Mittag durch und es ist immer noch viel zu früh, um zu Abend zu kochen.

Also nehme ich mir als ersten Kunden unser Bed & Breakfast vor, baue dafür eine kleine Homepage und beiße mir am Slogan ziemlich die Zähne aus, bis ich auf einen einfachen, aber deswegen nicht schlechten Spruch komme: *Das kuscheligste Bed & Breakfast in Göteborg.*

Im Text darunter erwähne ich, dass wir sogar das Frühstück ans Bett bringen, ohne die Privatsphäre zu stören, nämlich per Spielzeugroboter.

Dazu mache ich ein paar Fotos und stelle die auf unser Buchungsprofil sowie die Homepage.

Inzwischen guckt der Abend schon um die Ecke. Ich wasche den Bio-Lachs, den ich gekauft habe, entgräte, salze und pfeffere ihn und lege in dessen Inneres Dillzweige, in Scheiben geschnittene Butter sowie ein paar Zitronenschnitze.

Kaum habe ich den Lachs in den Ofen gestellt, bekomme ich eine SMS. Es ist eine Buchung für unser Bed & Breakfast Anfang Januar.

Diesmal sind es nicht die Osram-Hubers-Schäfer-Schusters.

Vielleicht lohnt es sich wirklich, an sich selbst zu arbeiten, statt an anderen.

Gerade als ich die Petersilienkartoffeln vom Herd nehme und den Salat anmache, höre ich, dass jemand mit schnellen Schritten die Treppe hochkommt.

Habe ich schon wieder etwas verbrochen oder weswegen ist Anna so in Eile?

Die Tür öffnet sich, Anna hat rote Augen, wahrscheinlich hat sie geweint.

Was habe ich denn jetzt schon wieder angestellt?, denke ich noch, da kommt Anna schon auf mich zu und umarmt mich. »Du hattest recht«, sagt sie. »Viggo hat sich nicht geändert.«

Sie holt ein Foto aus ihrer Jacke, auf dem Viggo in Anzug neben einer schwarzhaarigen Frau in einem edlen Kleid zu sehen ist, er sitzt am Steuer eines roten Porsches. »Das war ein Foto aus dem Projekt der Schüler«, sagt Anna.

Irgendwie bekomme ich ein schlechtes Gewissen. Aber alles, was ich jetzt sagen würde, wäre verkehrt, also nehme ich Anna nur in den Arm.

Sie drückt sich an mich. »Ich hab Viggo gesagt, dass ich ihn nie wieder sehen möchte!«

»Jetzt nur wegen des Porsches?«

Anna schüttelt den Kopf. »Er hat mir das Gefühl gegeben, wir wären Freunde. Und dann hat er so viele Dinge versprochen. Er hat behauptet, ich wäre seine einzige und große Liebe und er sei jetzt ein neuer Mensch.«

Ich blicke Anna skeptisch an. »Und was hast du gemacht?«

»Ich habe ihm gesagt, dass ich dich liebe.« Tränen stehen in ihren Augen. »Auch wenn du mir das die letzten Wochen nicht einfach gemacht hast.«

»Das wird sich ändern.« Ich streiche Anna über die Backe.

Sie schnäuzt ins Taschentuch und holt ein weiteres Foto heraus. »Dieses Foto hier wollten die Schüler erst gar nicht verwenden, weil er viel zu glücklich dreinschaut.« Ich nehme das Foto in die Hand. Darauf ist nur noch der Hinterkopf der Schwarzhaarigen zu sehen, die sich über Viggos Schoß beugt, während er nach wie vor am Steuer des Porsches sitzt und entrückt lächelt.

Dem großen Erfolg verzeiht man alles.
Christine von Schweden (1626-1689),
Königin von Schweden

Samstag, 23. Dezember

Punkt sieben Uhr morgens klingelt mein Telefon. Es ist Kemal.

Und es ist mal wieder Wochenende.

Wenn er sich die perfekte Methode überlegen wollte, wie er es schafft, dass ich auch am Wochenende ans Telefon gehe, wenn er anruft, hat er das mit dem Dönereisdebakel geschafft.

Ich achte darauf, dass ich Anna nicht wecke, schleiche mich leise aus dem Bett und nehme dann das Gespräch an. »Ist was Furchtbar passiert«, begrüßt mich Kemal.

»Ist der Klempnerladen jetzt auch Pleite?«

»Den ich nie werde verkaufe. Kennst du Firma mit Name Nestlé?«

»Das ist der größte Nahrungsmittelkonzern der Welt«, antworte ich. »Was ist mit denen?«

»Hat geschickt Brief. Ist wege Patent.«

»Jetzt sag mir nicht, dass die auch schon die Idee für ein Dönereis hatten und uns verklagen wollen.«

Ich höre durch das Telefon wie Kemal beinah heult. »Ist viel, viel schlimmer.«

»Wie das denn?«

155

»Wir könnte bezahle alle Schulde! Wenn ich hätte Patent.«

»Ich verstehe nur Bahnhof.«

»Nestlé hat geschickt Angebot, wolle lizenziere Patent für Fertigung von Dönersuppe. Weil so sie könne spare Unmenge von Konservedose. Aber das nur gehe mit Fladebrotstängel in gefrorene Suppe, weil so die nicht rutsche aus Hand, wenn nehme aus Gefriertruhe und stelle in Mikrowelle.« Er seufzt. »Sie meine außerdem, Suppe würde, wenn gefrore, Geschmack besser behalte, plus gibt niedrigere Herstellkoste, weil sie könne auslaste Fertigungsstraße für Speiseeis auch in Winter.«

»Aber das ist doch super!«, rufe ich.

»Ist nix super«, antwortet Kemal. »Weil ich Rechnung für Patent nix bezahlt. Also wir nix besitze Patent. Amt hat auch geschickt Brief, aber ich mich nix traue öffne. Sicher Nestlé finde schnell heraus, wir habe nix Patent und dann einfach klaue Idee.«

»Öffne mal den Brief vom Patentamt.«

»Ich nix traue. Bringe Pech öffne Brief von Behörde vor Weihnachte.«

»Ich dachte, du bist Moslem?«

»Ich gar nix. Vor allem wenn in Brief ist Absage von Patentamt.«

»Jetzt mach schon auf!«

»Kann ich nix schicke Brief zu dir nach Schwede und du mache auf?«

»Kemal! Wer ein beschissenes Dönereis erfinden kann und damit die Existenz der Firma aufs Spiel setzt, der kann ja wohl auch einen verdammten Brief öffnen!«

»Also gut«, sagt er und ich höre, wie ein Umschlag aufgerissen wird.

Der Jubelschrei, der kurz darauf beinah meinen Handylautsprecher schrottet, wäre nicht größer ausgefallen, hätte sich die Türkei mal wieder für eine Fußball-WM qualifiziert. »Wir habe Patent!«, ruft er. »Wie kann sein? Sind die doof wie amerikanisches Präsident? Warum wir habe Patent, wenn ich nix bezahlt Rechnung?«

»Ganz einfach«, sage ich. »Ich hab die Rechnung bezahlt.«

»Du habe was?!«

»Weil du mir damals, als wir uns kennengelernt haben, mit dem Vorschuss aus der Patsche geholfen hast, hab ich die Rechnung bezahlt, in der Hoffnung, dass das Geld wieder reinkommt.«

»Ich dir sofort überweise, wenn Verträge mit Nestlé unterschriebe. Und auch Lohn für Dezember.«

»Der ist doch noch gar nicht um.«

»Egal, dann ich zahle schon Weihnachtsgeld.« Ich höre erneut einen Jubelschrei. »Und das Beste ist, jetzt du und Frau Dings könne wieder für mich arbeite.«

»Ein Klempner braucht aber keine Vollzeit-Werbeabteilung.«

»Du müsse nix habe Angst. Weil ich bestimmt bald habe neue Idee.«

***

Nach dem Telefonat bereite ich das Frühstück zu, bringe es Anna zusammen mit den Adventskalendergeschenken ans Bett und wecke sie mit einem Kuss.

»Gibt es noch etwas von dem leckeren Lachs von gestern?«, fragt sie.

Ich schüttle den Kopf. »Wir haben alles ratzekahl leergegessen.«

»Du müsstest häufiger kochen«, sagt sie. »Denn Liebe geht nicht nur bei Männern durch den Magen.«

Ich lächle. Es tut gut, ausnahmsweise mal der Gewinner zu sein. Wahrscheinlich war ich deswegen schon immer ein Fan von Donald Duck, denn das gelingt auch ihm höchst selten.

Anna nimmt derweil das Geschenk, entfernt das Wachssiegel und dann erst fällt mir auf, dass es ihr Geschenk an mich von Anfang Dezember ist, das ich noch hatte austauschen wollen.

»Ich glaube, das Geschenk wird dich wirklich überraschen«, sage ich. »Und mich auch.«

Anna blickt mich irritiert an, öffnet dann gespannt den kleinen Karton und nimmt ein Modell eines Opel Corsa heraus. Er ist exakt in der Farbe lackiert, wie ich ihn früher gefahren habe, frühlingshimmelblau.

Sie schaut mich fragend an.

Ich zucke mit den Schultern. »Mir war das Geschenk ausgegangen und ich wollte es später ersetzen.«

»Na, das hat ja super geklappt.«

Ich zeige auf das Auto. »Kann ich es haben?«

»Was?« Sie mustert mich mit gespielter Verärgerung. »Weißt du, wie lange ich danach gesucht habe?«

»Ewig?«

»Fast, sonst lägen wir nicht hier, oder?« Sie deutet auf mein Päckchen. »Außerdem hast du ja noch deins.«

Ich nehme mein Geschenk, es ist flach wie ein kleines Buch und genauso schwer. Langsam packe ich es aus. »Ein Kalender?«, frage ich schließlich.

Anna nickt. »Du bist ja mehr so der analoge Typ. Und damit du den ersten Advent nächstes Jahr nicht vergisst, oder irgendwelche Geschenke auszutauschen oder meinen Geburtstag ...«

»Ich hab es verstanden«, sage ich, nehme den Kalender und streiche gleich mal den ersten November rot an, mit dem Vermerk *Adventskalender basteln.*

***

Irgendwann wird es Nachmittag und wir sind immer noch nicht aufgestanden. »Auf was hast du heute noch Lust?«, frage ich.

»Wir müssen noch das Julbord besorgen, also das Essen für morgen. Und ich würde mich gerne mit einem alten Freund treffen.«

Ich blicke Anna entgeistert an. »Ist der auch dein Ex?«

Sie schüttelt den Kopf. »Du kennst ihn, es ist Morten. Wir könnten ihn nachher im Café *Husaren* treffen, dort gibt es die größte Kanelbullar der Welt?«

»Kanelbullar? Ist das so was wie Kötbullar?«

»Fast«, sagt sie und muss lachen. »Bullar sind Brötchen, Köt ist Fleisch und Kanel ist Zimt.«

»Also gibt es da Zimtbrötchen?«

»Zimtschnecken«, sagt sie. »Und die sind total lecker.«

Zwei Stunden später sitzen wir mit mehreren Einkaufstüten voller Leckereien neben uns in dem Café, draußen fällt Schnee, als hätte Frau Holle Durchfall und mir tut der Magen weh. Denn ich habe gerade eine Zimtschnecke verdrückt, die so groß war wie ein ausgewachsener Frisbee.

Und sehr lecker.

Uns gegenüber sitzt Morten, der Greenpeace-Rentner. Er hat die grauen Haare zu einem Pferdeschwanz gebunden und trägt ein T-Shirt mit der Aufschrift: *Erst, wenn das letzte Konzert wegen Ruhestörung verboten wurde, wenn der letzte Musiker seine Rechte verramscht hat, und wenn der letzte Song gestreamt wurde, werdet ihr feststellen, dass Anwälte keine Musik machen.*

»Cooler Spruch«, sage ich.

Er nickt. »Vor allem, wenn man bedenkt, dass ich früher mal Anwalt war.«

Wir unterhalten uns über dies und das und schließlich rückt Anna näher zu Morten. »Sag mal, habt ihr von Viggo wirklich eine so große Spende bekommen?«, fragt sie.

»Du weißt, dass ich das eigentlich nicht erzählen darf«, sagt er und macht nur eine klitzekleine Denkpause. Dann sagt er: »Andererseits hat er es nicht anders verdient.«

»Also hat er jetzt gespendet oder nicht?«

»Er meinte, das war ein Versehen.«

»Was?« Annas Augen werden größer.

»Kaum war das Geld auf unserem Konto, hat er angerufen und gemeint, er hätte sich bei den Kommastellen getäuscht und statt fünfhunderttausend schwedischer Kronen hat er nur noch fünfzig gespendet.«

»Moment«, sage ich. »Er hatte euch umgerechnet erst über fünfzigtausend Euro gespendet, das Geld aber zurückgerufen und am Ende grade mal fünf Euro überwiesen?«

»Exakt!«, sagt Morten. »Du kannst dir vorstellen, wie wir uns über diesen Darmausgang gefreut haben.«

***

Wir plaudern noch ein wenig mit Morten, dann verabschieden wir uns und laufen durch den frisch gefallenen Schnee nach Hause. Unterwegs fängt es erneut an zu schneien und zu meiner eigenen Überraschung ertappe ich mich dabei, dass es mir gefällt, wie die Schneeflocken mir ins Gesicht trudeln.

Auch wenn sie verdammt kalt sind.

Als wir nach Hause kommen, besteht Anna darauf, dass sie Schnee schippt und ich wehre mich nicht, denn ihr scheint es im Gegensatz zu mir Spaß zu machen.

Ich feuere sie ein wenig an, dann wird es mir zu kalt und ich schlage vor, dass ich oben schon mal Tee aufsetze.

Als ich am Briefkasten vorbeikomme, liegt darin ein Umschlag, der mir recht bekannt vorkommt. Er ist mit mehreren Stempeln und Aufklebern versehen, offensichtlich weil er aus Grönland weitergeleitet wurde.

Es wäre einfach, den Brief verschwinden zu lassen, andererseits hatte ich deswegen den Ärger mit der Bild-Zeitung. Außerdem habe ich mir vorgenommen, Anna nichts mehr vorzumachen. Dazu gehört es, zu meinem absurden Humor und meinen etwas merkwürdigen Vorstellungen von Romantik zu stehen.

Damit ich mir das nicht anders überlege, lege ich den Brief neben Annas Teetasse.

Als sie nach oben kommt, schiebe ich ihr den Brief zu. »Ein kleiner Ersatz für den Adventskalender heute Morgen«, sage ich.

Sie nimmt den Brief, mustert die vielen Stempel und die Adresse. »Hattest du den nach Grönland geschickt?«

Ich nicke. »Leider zu spät.«

»Vielleicht aber auch genau zum richtigen Zeitpunkt.«

Sie öffnet den Umschlag, liest das Gedicht, muss ein paarmal schmunzeln und bei der Gulaschsuppe sogar lachen. »Jetzt sind wir ja beide am richtigen Ort«, sagt sie und gibt mir einen Kuss.

Doch plötzlich verdunkelt sich ihr Gesicht. »Oder willst du zurück nach Deutschland, jetzt wo du keinen Job mehr hast?«

Ich schüttle den Kopf. »Kemal hat mich wieder eingestellt«, sage ich. »Wir können die Lizenz für die Suppenproduktion an Nestlé verkaufen.«

»Das ist ja super!«

»Ja, aber ich mache zur Bedingung, dass ich bei ihm nur noch halbtags arbeite. Dann haben wir mehr Zeit für uns und ich bin nicht aufgeschmissen, wenn er den Laden erneut mit einer Idee an die Wand fährt.« Ich erzähle ihr von meiner Idee mit der Werbeagentur, die kleine Jobs online erledigt.

»Und das kannst du alles von hier aus machen?«

»Klar«, sage ich. »Und wenn es mir zu stressig wird, kann ich den Job auch an andere vergeben. Wenn du nämlich noch mal auf eine Konferenz willst, dann komme ich mit.«

»Wer sagt denn, dass ich dich mitnehme?«, fragt sie.

»Dein Blick«, antworte ich.

Und Anna nickt.

Ich zeige ihr die neuen Anzeigen, die ich für das Bed & Breakfast erstellt habe und Anna ist begeistert. »Also bist du in Zukunft Manager eines Bed & Breakfasts, besitzt deine eigene Werbeagentur und arbeitest für ein Metallhandwerksunternehmen auf Weltniveau. Fehlt nur noch der Porsche.«

»Auf den verzichte ich mal lieber.«

»Aber wollten wir in Zukunft nicht mehr Zeit für uns haben?«, fragt sie. »Ich weiß, dass wir mit dem Bed & Breakfast die Welt zu uns holen wollten. Aber meinst du nicht, dass wir uns damit übernehmen?«

»Es gibt da einen tollen Trick, den habe ich von Kemal gelernt.«

Anna blickt mich fragend an.

»Das nennt sich Angestellte. Du brockst ihnen eine Suppe ein, sagen wir eine Dönersuppe und sie müssen die auslöffeln. Ist super, oder?«

»Siehst du«, sagt sie. »Das habe ich immer an dir gemocht. Du siehst nicht das Problem, sondern die Lösung.« Sie seufzt. »Nur Viggo hat dir irgendwie Angst gemacht, oder?«

Ich nicke. »Erst wollte ich mit ihm mithalten und dann unbedingt beweisen, dass er mit falschen Karten spielt.«

»Mit Viggo kann aber niemand mithalten«, sagt sie. »Nicht mal er selbst.«

Ich muss lachen.

»Ich hab übrigens bei der Firma angerufen, bei der Viggo die Fatbikes gemietet hat«, sagt Anna. »Eines war mit verstecktem Motor.« Sie deutet auf mich. »Und so wie du dich angestellt hast, gehe ich mal davon aus, dass du das nicht hattest.«

Ich mache die Becker-Faust.

Anna blickt mich mit gespielter Missbilligung an. »Nur weil Viggo kein Held ist, heißt das noch lange nicht, dass du an dem Tag kein Waschlappen warst.«

»Wir können die Tour ja noch mal fahren«, sage ich. »Mit E-Bikes.«

»Ich nehme dich beim Wort.«

»Was hat Kemal eigentlich erzählt, als du ihn vorgestern angerufen hast?«, frage ich.

»Jedenfalls nichts davon, dass ihr pleite seid und er dich deswegen entlassen muss. Ich nehme an, er wollte dich schützen.«

»Und was hat er stattdessen erzählt?«

»Das du ein toller Mitarbeiter bist und die Bild-Zeitung euch reingelegt hat.«

Ich verschränke die Arme. »Und wann wolltest du mir das erzählen?«

Sonntag, 24. Dezember, Heiligabend

Nach dem Frühstück mit Anna werde ich von Sekunde zu Sekunde nervöser. Klar es sind nur noch wenige Stunden bis zum Heiligen Abend, aber das ist es nicht.

Normalerweise feiert man den ja im Kreis der Familie und da ich Annas Eltern noch nicht kenne, wäre das ein weiterer Grund, nervös zu sein.

Nur fällt die Familienzusammenkunft dieses Jahr aus.

Als ob es in Schweden nicht schon kalt genug wäre, sind Annas Eltern nämlich nach Kanada ausgewandert.

Es wird Zeit, dass wir sie mal besuchen.

Genauso wie meine Eltern.

Wobei die ja selbst wenn ich sie an Weihnachten anrufe, denken, dass ich nur Geld will.

Ich mache es trotzdem.

Sie freuen sich so mittelmäßig, das heißt, sie beschimpfen mich wenigstens nicht und fragen sogar, wie es mir geht.

Nach Anna fragen sie nicht, wahrscheinlich glauben sie immer noch, dass ich meine Freundin nur erfunden habe. Anscheinend gibt es nur zwei Typen von Eltern: Welche, die ihren Kindern alles zutrauen, bis hin zum Bundeskanzler und WM-Torschützenkönig in Personalunion und welche, die ihren Kindern gar nichts zutrauen.

Meine Eltern gehören in die zweite Kategorie.

Aber das ist ein anderes Thema.

»Ich muss noch dein Weihnachtsgeschenk besorgen«, reißt Anna mich aus meinen Gedanken.

»Jetzt am Sonntag? Hast du etwa Weihnachten vergessen?«

Sie schüttelt den Kopf. »Wenn du dein Geschenk siehst, wirst du verstehen warum. Außerdem hast du ohnehin noch etwas zu erledigen.«

»Was denn?«

»In Schweden ist es der Job des Mannes, einen Weihnachtsbaum zu besorgen.«

»Und wo soll ich den heute noch herbekommen?«

»Traditionell holt man den bei uns im eigenen Wald.«

»Besitzen wir beide einen Wald?«, frage ich.

Anna zuckt mit den Schultern. »Viggo hätte bestimmt einen gehabt. Aber du bist sicher kreativ genug für eine bessere Lösung.«

Ich nicke, auch wenn ich davon alles andere als überzeugt bin.

Dann steht Anna auf und lässt mich mit dem Problem allein.

Kaum ist sie gegangen, bekomme ich eine SMS, die erste Bewertung bei *Tripadvisor* für unser Bed & Breakfast ist da.

Da wir bisher nur einen Gast hatten, kann es sich nur um Osram-Huber handeln. Ich öffne meinen Laptop, klicke mich zu unseren Bewertungen und traue meinen Augen kaum: Wir haben fünf von fünf Sternen!

Die Rezension ist voller Lob, besonders freue ich mich, dass wir als kinderfreundlich bezeichnet werden und auch mein Spielzeugroboter wird erwähnt.

Ich habe die Rezension nicht mal fertig gelesen, da bekomme ich schon eine weitere SMS.

Hab bei Tripadvisor ein kleines Weihnachtsgeschenk für euch gepostet. War mir zu dangerous, dass mein Leihvater für euch nicht alle Punkte gibt. Annemarie

Ich muss über ihre Wortwahl lachen, bedanke mich bei ihr und plötzlich habe ich eine Idee.

Ich nehme mein Telefon und wähle eine Nummer.

***

Drei Stunden später stehen Anna und ich im Wohnzimmer. Erst hatte ich Angst, dass ich wieder mit *inget* dastehe, aber dann hat alles perfekt geklappt. Jedenfalls mustert Anna begeistert den von mir mit Lametta und Strohfiguren geschmückten kleinen Weihnachtsbaum, der in einem Blumentopf mit Erde in unserem Wohnzimmer steht. »Das war nicht schlecht gepinkelt vom Holzpferd.«

»Was?«

Anna lächelt. »Unsere Sprichwörter sind eben andere als eure. Beispielsweise heißt es bei uns nicht: *Eine Schwalbe macht noch keinen Sommer*, sondern: *Eine Fliege macht noch keinen Sommer*. Und hier kauft man auch nicht die *Katze im Sack*, sondern das *Schwein*. Und man sagt auch nicht: *Nicht schlecht, Herr Specht*, sondern: *Das war nicht schlecht gepinkelt vom Holzpferd*.«

»Also findest du den Baum gut?«

Sie nickt. »Toppen!«

Das Wort kenne selbst ich, denn es heißt auf Schwedisch *super*.

»Wo hast du den Baum denn heute noch bekommen?«, fragt Anna.

»Man muss nur die richtigen Leute kennen«, antworte ich. »Ich hab mich nämlich daran erinnert, dass Morten einmal von einer Geschäftsidee erzählt hat, die ein Freund von ihm hatte. Mietweihnachtsbäume. Das ist genauso gescheitert, wie unsere Dönersuppe. Deswegen hatte der Freund auch noch welche übrig.«

»Vielleicht setzt sich die Idee ja doch noch durch, wer weiß?« Anna lächelt. »Also die mit dem Mietweihnachtsbaum, die finde ich nämlich super.«

Wir platzieren unsere Geschenke neben dem Weihnachtsbaum statt darunter, denn beide sind groß wie eine Holztruhe. Außerdem darf ich das Geschenk von Anna nur von vorn sehen, keine Ahnung weswegen, ich werde es gleich erfahren.

Denn wie ich von Anna weiß, beginnt das Weihnachtsfest in Schweden traditionell um 15 Uhr.

Das hätte ich als Kind gut gefunden, jedenfalls hätte es mein traumatisches Erlebnis vor der verschlossenen Wohnzimmertür deutlich verkürzt.

Doch zu meiner Überraschung schaltet Anna den Fernseher an. Das macht sie sonst nie. »Jetzt kommt gleich *Kalle Anka och hans vänner*«, erklärt sie. »Das ist Tradition, den Film anzuschauen.«

Auf dem Bildschirm erscheint statt einem Weihnachtsmann oder ein paar Elfen ausgerechnet mein alter Held *Donald Duck*.

Ich blicke Anna überrascht an. »*Donald Duck* heißt bei uns *Kalle Anka*«, erklärt sie. »Und der Zeichentrickfilm heißt *Donald Duck und seine Freunde.*«

»Ihr schaut traditionell einen Donald-Duck-Film an Weihnachten?« Ich schüttle den Kopf. »Das kann sich jetzt ja nicht gerade um eine jahrhundertalte Tradition handeln, oder?«

Anna nickt. »Und auch noch aus den USA importiert. Aber der Film ist trotzdem lustig und darauf kommt es an, ob jetzt Tradition oder nicht, oder?«

Also schauen wir *Kalle Anka och hans vänner* und mir beginnen Schwedische Weihnachten so richtig zu gefallen.

Bis kurz vor Schluss mein Handy klingelt.

Es ist Kemal. Natürlich.

Jetzt ruft der sogar an Heiligabend an! Aber vielleicht will er mir ja nur zu Weihnachten gratulieren.

Ich entschuldige mich bei Anna und nehme das Gespräch an. »Frohe Weihnachten«, begrüße ich ihn.

»Was? Ach so. Komische Fest, wo ihr feiert. Pass auf, ich hab neue Idee.«

Ich seufze.

»Ist noch besser als Dönersuppe und Dönereis zusamme.«

»Das will ich hoffen.«

»Und ist supereinfach zu produziere.« Ich spüre seine Begeisterung durch das Telefon. »Ist perfekt für Sommer, Winter, Regewetter, Sturmflut, alles.«

»Und was ist es?«

»Ayran macchiato.«

Ich überzeuge Kemal, dass er vor Neujahr nichts zu dem Thema unternimmt und dann wünscht er mir doch noch Frohe Weihnachten.

Als ich wieder ins Wohnzimmer komme, ist der Trickfilm zu Ende. »Tja, jetzt müssen wir ihn nächstes Jahr wieder anschauen«, sagt Anna. »Nachdem du die Hälfte verpasst hast.«

Ich nicke erfreut. Anschließend richten wir zusammen das Julbord, das aus lauter kleinen Köstlichkeiten besteht, so als hätte jemand in Schweden Tapas erfunden.

Vielleicht passen manche Dinge also doch zusammen, die auf den ersten Blick verschieden sind.

Dann endlich kommen wir zur Bescherung.

Ich darf mein Geschenk als Erstes auspacken. Es ist wirklich riesig, wie eine Holztruhe. Ich mustere die Rückseite und bin überrascht, dort im Geschenkpapier große Löcher vorzufinden.

Darunter scheint ein Käfig verpackt zu sein.

Vorsichtig packe ich das Geschenk aus und finde schließlich einen kleinen Hamster, der schlafend in dem riesigen Käfig liegt. Als ich ihn streichle, wacht er auf und blickt mich aus so putzigen wie interessierten Augen an.

»Den hatte ich bei einer Freundin untergestellt«, sagt Anna. »Sonst wäre es kaum eine Überraschung geworden, oder?«

Ich nicke und bedanke mich bei Anna mit einem langen Kuss.

»Wie soll er denn heißen?«

Ich lächle, nehme den kleinen Hamster aus dem Käfig in meine Hand und gebe ihm ein Stückchen Karotte. »Ich taufe dich auf den Namen George Clooney der Zweite.«

»Und was hast du für mich?«, fragt Anna gespielt ahnungslos.

Ich nehme eine Rechnung, die ich extra beiseitegelegt habe und deute darauf. Sie lacht und beginnt ihr ebenso riesiges Geschenk auszupacken. Unter dem Geschenkpapier befindet sich ein Karton, den sie vorsichtig öffnet und schließlich in ein Meer von roten Rosenblättern blickt.

Sie schaut mich gespannt an, versenkt ihre Hände in den Rosenblättern und holt ein kleines Streichholzmodell der Fischkirche heraus, das ich heute in ihrer Abwesenheit aus meinen Restbeständen zusammengeleimt habe.

»Hast du das gebastelt?«, fragt sie.

Ich nicke. »Und dieses Mal habe ich es nicht aus Versehen angezündet.«

Sie öffnet das einzige Türchen, welches ich der Fischkirche spendiert habe und nimmt eine rot verpackte, kleine quadratische Box heraus.

Jetzt blickt sie mich noch gespannter an, reißt voller Vorfreude das Geschenkpapier auf, findet darunter eine hölzerne Schatulle, öffnet diese und blickt auf einen funkelnden Ring.

»Ist das dein Ernst?«, fragt sie, doch da bin ich schon auf den Knien. »Willst du meine Frau werden?«

»Och, ich weiß nicht so recht«, antwortet sie, strahlt aber über beide Backen wie eine Herde Honigkuchenpferde.

»Ja, ich will!«, ruft sie schließlich und umarmt mich so heftig, dass ich beinah keine Luft mehr bekomme.

Und dann küssen wir uns, wie es in keinem Hollywoodfilm kitschiger sein könnte.

Und natürlich viel länger als es jeder Regisseur zulassen würde.

»Das war der Grund, weswegen ich den Adventskalender vergessen habe«, sage ich schließlich.

Sie lächelt. »Entschuldigung ist akzeptiert.«

»Also heiraten wir nächstes Jahr?«, frage ich.

Anna nickt. »Das ist eine gute Gelegenheit, dass sich unsere Eltern endlich kennenlernen.«

Ich nicke ebenso, auch wenn das alles andere als einfach werden wird.

Aber Anna und ich sind ja noch nie den bequemen Weg gegangen.

Ich höre es rascheln, nehme noch mal George Clooney den Zweiten in die Hand, streichle ihn und sage: »Und du wirst mein Trauzeuge.«

»Das ist nicht dein Ernst, oder?«

Ich zucke mit den Schultern. »Von all meinen Freunden würde er uns am wenigsten blamieren.«

»Solange du nicht Viggo nimmst, ist mir alles recht.«

Es folgt noch mal ein Kuss, den sicherlich jeder Regisseur geschnitten hätte.

»Ich hab so das Gefühl, dass dir mein Weihnachtsgeschenk gefällt«, sage ich schließlich.

Anna lächelt verschmitzt. »Das war nicht schlecht
gepinkelt vom Holzpferd.«

Danksagung

Natürlich hat die Weltklimakonferenz in Grönland ganz ohne Verbindung zur Außenwelt nie stattgefunden, aber grundsätzlich fände ich das gar keine so schlechte Idee. Jedenfalls wenn man es schaffen würde, alle Lobbyisten gleichzeitig von der Insel auszuschließen.

Aber das wird wohl ein Wunschtraum bleiben und wahrscheinlich wird man erst etwas ernsthaft gegen die globale Erwärmung unternehmen, wenn gleichzeitig das Weiße Haus in Washington wegen Hochwassers überflutet wird, der Kreml in Moskau, das Kanzleramt in Berlin und Zhongnanhai in Peking.

Doch nun zu etwas Erfreulicherem, denn wie ich während des Schreibens des Buches herausgefunden habe, gibt es tatsächlich Dönereis und Dönersuppe!

Tja, nichts ist zu absurd, als dass die Realität es nicht noch toppen könnte. Allerdings scheinen Dönersuppe wie Dönereis auch in der echten Welt eher Nischenprodukte zu sein, aber das heißt ja nicht, dass man die nicht mal probieren kann.

Wie auch schon im ersten Teil *Mein Leben mit Anna von IKEA* sind alle Charaktere frei erfunden und haben keinerlei Bezug zu schwedischen Möbelherstellern, vorderpfälzischen Sparkassen oder internationalen Nahrungsmittelkonzernen.

Nun habe ich noch ein paar Personen zu danken: Als Erstes Digital Publishers, die mich zu dem Experiment eines Buches in der Erscheinungslogik eines Adventskalenders nicht lange überreden mussten. Insbesondere möchte ich Marc Hiller, Stephanie Schönemann, Ruth Papacek, Sarah Schemske und Anja Kalischke-Bäuerle danken, sowie meiner Lektorin Daniela Höhne.

Außerdem danke ich Alexander Hofmann für die Autorenfotos, Christian Purwien von purwien.tv für den Buchtrailer und meiner persönlichen Anna von Ikea, meiner geliebte Frau Oriana.

Natürlich danke ich auch Ihnen, liebe Leserin und lieber Leser und ich hoffe, Ihnen hat das Lesen so viel Spaß bereitet, wie mir das Schreiben dieses Winterromans mitten im Sommer.

Sollten Sie das Buch jedoch illegal auf einer Internetplattform heruntergeladen haben – oder es hat sich sonst irgendwie auf Ihren Rechner ohne Bezahlung verirrt – dann kann ich Ihnen zwar zu Ihren Computerkenntnissen gratulieren, aber sicher nicht zu Ihren moralischen Qualitäten.

Wenn Sie für ein Buch, in dem allein von meiner Seite fast ein halbes Jahr Arbeit steckt, nicht mal den Preis eines Kännchens Kaffee zahlen möchten, dann dürfen Sie sich ruhig für einen Moment mal selbst kritisch hinterfragen.

Nun aber wieder zurück zu den ehrlichen Lesern: Falls Ihnen dieser Roman besonders gefallen oder auch nicht gefallen hat, schreiben Sie doch eine Rezension. Gerne bei Amazon oder bei einem der anderen Anbieter, denn so erfahren noch viel mehr Leser, ob dieses Buch lesenswert ist oder vielleicht doch ein anderes ☺.

Sie können mir natürlich auch eine E-Mail an kontakt@thomaskowa.de senden, mich auf meiner Homepage www.thomaskowa.de besuchen oder bei Facebook unter

www.facebook.com/Thomas.Kowa.Autor.

Dasselbe gilt, wenn Sie mit mir ein Interview führen oder mir einfach nur die unvermeidlichen Rechtschreibfehler mitteilen wollen, die mal wieder alle überlesen haben, nur Sie eben nicht.

Falls Sie mich für eine Lesung buchen wollen, besuchen Sie doch die Seite www.storyvents.com, da finden Sie mich und eine Menge anderer toller Autoren.

Ich hoffe, wir lesen uns bald wieder, gerne auch in einem meiner Thriller oder wenn es eine Portion absurder Humor sein darf in *Pommes! Porno! Popstar!* Darin geht es um zwei erfolglose Musiker, die innerhalb einer Woche einen Hit aufnehmen müssen, wenn sie nicht mit Beton an den Füßen in der Ruhr landen wollen.

Oder eben im dritten Teil von *Anna von IKEA*. Wann der erscheint, erfahren Sie als Erstes, wenn Sie eine E-Mail an kontakt@thomaskowa.de mit dem Betreff "Newsletter" senden. Dann halte ich Sie in regelmäßigen Abständen über Veröffentlichungen und Auftritte auf dem Laufenden. Und das Beste: Für die Abonnementen meines Newsletters wird nicht nur manches Geheimnis vorab gelüftet, sondern es gibt ab und an auch ein kleines Extra.

Thomas Kowa